GOBOOKS & SITAK GROUP©

GOBOOKS
& SITAK
GROUP ©

三日月書版

三日月書版

副教授・高槻彰良的推測
たかつきあきら
民俗學如是說
1
澤村御影
LN010
三日月書版

目錄

Contents

第一章　不該存在的鄰居　017
第二章　吐出針的女孩　123
第三章　神隱小屋　219
參考文獻　284

事情發生在十歲那年夏天的夜晚。

當時我去拜訪位於長野的祖母家。

祖母家地處山間的某個村落，離車站非常遠，每年暑假和寒假期間，全家人都會造訪此地。其他親戚也會配合這段時期群聚一堂，所以我可以和鮮少見面的堂哥們玩在一塊，簡直樂翻了天。

可是那一年，我得了非常嚴重的夏季感冒。

本來就有點感冒徵兆，還跟堂哥他們去河邊戲水玩得一身溼，才會讓病況加劇吧。我連日高燒，甚至無法下床。

到了附近神社舉辦祭典的那一天，我也沒能退燒。

祭典是夏天的重頭戲。神社本身位處山上，要爬上好長好長的階梯才能到達，但祭典會場卻在山下。被群山俯瞰的廣場懸著好幾盞鮮紅色的大燈籠，大家都圍著高高搭起的高臺跳起盆舞，攤販更是五花八門。為了這一天，我從夏天前就一直在存零用錢的說。

我也想參加祭典，一定要去。儘管一再堅持，還是被大家阻止了。我懊悔又難過地窩在棉被裡哭個不停，不久後參加完祭典回來的一個堂哥說「這是攤販賣的，送給你」並小心翼翼地遞出個戰隊面具，我看到哭得更凶了。哭累以後，不知不覺踏入了夢鄉。

——因為聽見太鼓的聲音，我睜眼醒來。

連忙撐起身子，原本由於發燒而虛軟的身子居然完全康復了。於是我心想這樣應該就能出門吧。

可是好奇怪。

家裡一片昏暗，大家好像都睡著了。

看了看時鐘，發現已是凌晨時分。都這麼晚了，怎麼可能還有祭典呢？

但我真的聽見了太鼓的聲音。

「咚、咚、咚咚」的聲響，確實就是在盆舞高臺上擊打的大太鼓聲。一想到祭典還沒結束，就興奮難忍。

於是我直接穿著睡衣，偷偷從祖母家跑出去。

當下隨手抓起放在枕邊的面具戴上才出門，應該是試圖變裝的童心使然吧。畢竟在這種大半夜外出，被發現的話一定會被罵得狗血淋頭。

我在深夜的馬路上奔跑，一心朝著太鼓聲的方向前進。

抵達祭典會場後，只見人山人海。

有大人也有小孩，有穿著浴衣或和服的人，也有穿著西服的人。所有人都在跳盆舞，人潮將高臺圍了兩三圈。看吧，祭典果然還沒結束。

可惜每個攤販都已經收攤，但光是能混進盆舞的隊伍也夠好玩了。於是我提振精神重新戴好臉上的面具，一腳踏進廣場。

但總覺得不太對勁。

沒錯——會場懸掛的燈籠是藍色的。

放眼望去，所有燈籠全是藍色。平常說起祭典燈籠，就一定是紅色才對。綿延不斷的藍色燈籠就像飄浮在暗夜中的鬼火，發出淡淡的冷冽微光。我以前從來沒看過這種燈籠。

而且，為什麼現場只有太鼓的聲音呢？

這可是盆舞啊。以往設置在廣場的喇叭，都會震天價響地播放著盆舞的音樂才是。但今晚的喇叭卻安安靜靜，只有高臺上的兩個大人專心致志地敲著太鼓。「咚、咚、咚咚」。

不對——還有更奇怪的事情。

完全聽不到說話聲。

……明明現場有這麼多人。

仔細一看，廣場上的人無論大人小孩都戴著面具。有火男面具、阿多福面具、狐狸面具，還有老爺爺的面具。所有人都隨著太鼓聲，默默地圍著高臺翩然起舞。「咚、咚、咚咚」。抬頭一看，發現在高臺上敲打太鼓的人也都戴著面具。此時連風聲都悄然靜止，唯有太鼓聲響徹四方，彷彿連體內深處都為之震動。

無論是看似鬼火的藍色燈籠，還是那些戴著面具默默圍著高臺起舞的人。

一切彷彿都與現實脫節——不太像這個世界的景象。

說不定自己正在作夢。

正當茫然地這麼心想時。

忽然有人抓住我的肩膀。

嚇得回頭一看，發現是個戴著火男面具的男人。

「——你在這裡做什麼？」

聽到那人壓低嗓音這麼問，我遲疑了一會。

這個聲音好熟悉，是祖父的聲音。

但祖父怎麼會在這裡呢？

「怎麼會跑來這裡？這裡不是你該來的地方……跟緊我，絕對不能拿下面具。」

為了看清對方的模樣，我本想摘下臉上的面具，卻被制止。

祖父蹲下身子，隔著面具緊盯我的雙眼說：

「現在馬上離開這裡，千萬不能被別人發現——」

這時，祖父猛然回頭看向盆舞的隊伍。

翩翩起舞的那群人當中，已經有幾個人看著這邊。

戴著阿多福面具、老奶奶面具和貓面具的人，隨著太鼓節奏手舞足蹈，卻用不尋常的角度歪扭脖子，直盯著我和祖父。

「糟糕，已經被發現了。」

祖父這麼說。

「糟糕」是什麼意思呢？再說，在高臺邊跳舞的那群人又是誰呢？心裡有好多問題想問，可是不知怎麼地，每個問題我都不敢問出口。

「……你得付出代價了。過來。」

祖父用力抓住我的手，直接把我帶到廣場一隅。

本以為祖父要幫助我逃離現場，卻並非如此。

我被帶到一個攤販前方。

以為所有攤販都收攤了，看來只剩這一攤還在營業。有個戴著黑鬼面具，身穿法被的男子不發一語地站在攤販裡頭。

攤販後方是神社所在的那座山。山影矗立在夜空之中，彷彿在俯瞰著此處。仔細一看，通往神社的階梯似乎也設置一整排藍色燈籠，藍色光點一路綿延到山上，彷彿是為了邀請非人類的某種存在所鋪設的道路。

祖父在耳邊說道：

「只能選一個，不用錢。」

攤販的桌面上放著祭典經常販賣的糖果，分別是蘋果糖、杏子糖和黃金糖，每個種類都只有一個。

祖父指向蘋果糖。

「選這個的話，你會失去步行能力。」

被這麼一說，眼前的鮮紅蘋果糖看起來就像毒蘋果。

祖父又指向杏子糖。

「選這個的話，你會失去言語能力。」

我不懂這是什麼意思。是喉嚨會被灼傷嗎？還是會失去舌頭？兩種狀況都把我嚇得不知所措。

最後，祖父指向黃金糖。

「選這個的話，你會……」

到底會發生什麼事呢？會面臨多麼可怕的後果呢？

我繃緊全身，祖父則在耳邊輕聲說道：

「你會——」

聽到這個答案後。

我心想「什麼嘛，比另外兩個好太多了」。

當時我根本沒搞懂那句話的意思。雖然有在書本上看過也認識那些字，但完全不知道實際意義為何。

所以我毫不猶豫地選了黃金糖。

聽到祖父說「現在馬上吃掉」後，就乖乖把糖放進嘴裡。

纏繞舌尖的那股甘甜滋味，至今仍難以忘懷。

如果……

如果能回到那一晚。

面臨相同的選擇時，我會選哪一個呢？

無論思考多少次，也找不出答案。

但我實在不認為當時的選擇是正確的。

第一章　不該存在的鄰居

——那天深町尚哉之所以會去上「民俗學Ⅱ」的第一堂課，只是單純的「無心之舉」而已。

從今年春天開始，尚哉就是青和大學文學院的大一生。

青和大學是所校區位於東京都千代田區的私立大學。依據大學官網的簡介所述，青和大學的校風是「尊重學生的自由與個性」。

但對尚哉而言，比起高中以前的求學生涯，大學本來就是相當尊重學生自由與個性的學府。

因為學生可以自行決定修習的課程。先不論必修科目，為了修足必要學分的基礎科目，也可以依照喜好選擇。看了隨著學分指南和課程大綱一起發下來的空白課表，就能深切體會到高中與大學的差異。

但可以自行擬定課表，就代表如果不小心選到不喜歡的課程，也只能將所有怨言往肚裡吞。雖然想盡可能避開無聊至極或艱澀難懂的課，但實在很難只靠課程大綱進行判斷。若碰上讓人猶豫不決的課程，就只能出席第一堂課探探狀況。

「民俗學Ⅱ」是文學院的基礎科目之一。

尚哉對民俗學沒什麼興趣，應該說根本不知道民俗學到底在學什麼，頂多只有研究地方祭典或民間故事的印象。

但這堂課在課程大綱上的介紹文還挺有意思。上頭寫著「不論是學校怪談還是都市傳說，每堂課都會廣泛探討民俗學的世界」。學校怪談及都市傳說這種內容，簡直就像電視綜藝節目的噱頭，讓尚哉不禁好奇這些內容真的能當作課程的主題嗎？

上課時間是禮拜三的第三節課，地點在第一校舍201號教室。授課的是高槻彰良，是文學院歷史系專攻民俗學及考古學的副教授。

尚哉走進教室後嚇了一跳，明明是大型的階梯教室，但幾乎座無虛席。民俗學應該不是這麼熱門的課程，卻如此受歡迎。

教室裡充斥著學生的活力與喧鬧聲，讓尚哉不禁皺起眉頭。他從以前就不喜歡人多的地方。

雖然瞬間浮現出回家的念頭，但轉念一想，難得都來了，就這麼打道回府也不太好。而且聽都沒聽就轉身走人，感覺也有些可惜。於是他將音樂播放器的耳機塞進兩邊耳朵，按下播放鍵，將眼鏡鼻橋往上推的同時做好心理準備，沿著階梯式的走道一路往下，朝前方剩餘的空位走去。

中途，他和一名棕色頭髮的男學生對上視線。

雖然想不起對方的姓名，但應該是必修外文課的同班同學。

對方似乎也注意到尚哉，微微舉起一隻手說了聲「嗨」。

「怎麼，你也要修這堂課啊？」

「啊，嗯，正在考慮。」

尚哉關掉音樂播放器，摘下一邊耳機如此答道。

「是嗎？我應該也會選啦，畢竟教這堂課的高槻算是小有名氣的人吧？這傢伙明明不是文學院的學生，還特地跑來聽課耶。」

棕髮男指著坐在隔壁的學生這麼說，似乎是他的朋友。

選擇其他學院的基礎科目也能算學分。學生數量之所以會多到幾乎要塞滿這間教室，或許就是因為有其他學院的學生夾雜其中吧。

不過，有名氣又是什麼意思呢？難道有上過電視？

尚哉正準備開口詢問時，棕髮男說了句「對了」，並稍稍探出身子湊近尚哉。

「英文課那伙人說今晚要去喝一杯，你要來嗎？」

「……咦？已經在約酒攤了嗎？太快了吧？」

聽到突如其來的邀約，尚哉不禁苦笑起來。

說起大學生，通常都會給人老是在跑酒攤的印象，但似乎真是如此。順帶一提，絕大多數的大一生應該都還未成年才是[1]。

1　日本可飲酒的法定年齡為二十歲。

「有什麼關係，友誼就該早點培養嘛，還可以交換課程或社團的情報。怎麼樣，你也來嘛，還會來幾個女孩子喔。」

「啊……抱歉，今晚我還有事。」

尚哉用含糊的口吻這麼說，棕髮男就乾脆地點點頭說「這樣啊」。

「沒差，反正以後也有機會喝啦，你下次再來就行。」

「嗯，謝謝，就這樣吧。」

尚哉輕輕揮手後，又繼續沿著階梯往下走。

身後傳來棕髮男和隔壁朋友聊天的聲音。

「那個戴眼鏡的土包子是誰啊，你朋友？」

「啊～是外文課的同學。那堂課所有學生都要用英文自我介紹，他又坐在附近，所以有點印象……雖然忘記叫什麼名字了。」

「呃，這樣哪能算『有印象』啊。」

看樣子他們都不記得對方的姓名，彼此彼此。

聽到兩人的聲音從身後傳來，尚哉心想，不好意思喔，我就是戴眼鏡的土包子。

似乎有很多人會趁大學入學時徹底改變形象，變得時髦有型，但自己並不追求這種變化。再說，尚哉從今年春天開始在外獨居，財務方面也相當吃緊。穿著從高中穿到現在的帽T和牛仔褲來上大學，有什麼問題嗎？

而且——看起來老土正好，他也不想引人注目。

來到前面數過來第二排的空位後，尚哉坐了下來。

緊接著，就聽到坐在正後方的兩個女孩子聊天的聲音。一個聲音活潑爽朗，一個聲音甜美，說起話來有些黏糊。

「對了由紀，妳決定要加入哪個社團了嗎？」

「咦～？還沒耶～但在考慮要不要去網球社～」

「畢竟妳高中也是網球社嘛。我對主播研究會有點好奇耶。」

「是喔～感覺不錯啊？加奈很會說話，應該很適合當主播吧～啊，別提這些了，關於昨天說的聯誼——」

「啊啊，抱歉，我禮拜五沒空耶。」

嗓音活潑爽朗的那個女孩子，聲音忽然「扭曲變形」。

音階起伏變得亂七八糟，就像被機械調過似的。一下子是跟原聲截然不同的低沉粗音，一會又變成金屬摩擦般的尖銳刺耳高音，完全毫無章法。

尚哉強忍著竄過背脊的惡寒，轉頭往後看去。

短髮女孩和波浪長髮女孩，依舊若無其事地繼續聊天。

「這樣啊～既然有事就沒辦法囉～」

「嗯，不好意思，下次再補償妳。」

「沒關係啦，我再問問其他人就好～但妳下次一定要來喔～？」

「好啦好啦，下次我一定去。」

短髮女孩的聲音再度扭曲，並用懷疑的眼神看過來，讓尚哉嚇得連忙轉回前方。

轉頭的同時，尚哉也在心中暗自對長髮女孩輕聲說道：

——坐在妳旁邊的那個女孩子，應該不喜歡參加聯誼喔。

忽然間，教室裡的喧鬧聲紛紛傳入耳中。有人在跟附近的學生聊天，有人拿著手機講電話，話語聲此起彼落。

「不會吧，真的假的？我高中三年也都是籃球社耶。」

「什麼～？理佳子的聯絡方式？我哪知道啊～」

「閉嘴啦，不是我媽打來的，是女朋友打來的！」

「唉唷，開玩笑的啦！別放在心上。這件衣服真的很適合你！」

偌大的教室中到處都是扭曲變形的聲音，變成讓人刺耳難耐的不和諧音。

尚哉摀住耳朵低下頭去。聽到後方忽然爆出好幾個人的笑聲，他心想，在這種環境下你們居然還笑得出來。隨後，正後方那個長髮女孩的聲音又像失控的小提琴般瘋狂嘎吱作響。吵死了、吵死了，感覺好噁心，快喘不過氣來了。所以才討厭人多的地方，剛才應該要直接回家才對。

尚哉實在忍無可忍，準備伸手拿取暫停播放的音樂播放器。

就在此時。

「來，各位同學好。」

——這個、聲音。

居然能毫無扭曲地筆直竄入耳中，讓他大吃一驚。就像直直射入混濁空氣中的一道白光一樣。

尚哉不禁抬起頭，循聲望向說話者。

不知何時，有一名男人站在講臺上。

看他拿著麥克風，想必就是負責這堂課的副教授了吧。但看上去非常年輕，作工精細的三件式西裝包覆著他修長高挑的身材。

男人說了聲「奇怪？」並低頭看向麥克風。

「——呃，不好意思，我忘記打開麥克風了。」

這時男人的嗓音才終於透過麥克風傳出來。教室裡的喧鬧頓時變成笑聲，尚哉後面的那兩個女孩子也輕笑出聲。

「唉唷，是怎樣，太可愛了吧。」

「而且真的好帥喔！我一定要選這堂課～！」

女孩子交頭接耳地低聲談論起來。

原來如此，這位副教授真的很帥氣。不但有深邃的雙眼皮大眼，高挺的鼻梁，一雙薄唇還帶著充滿親和力的笑容。端正的五官配上溫文儒雅的氣息，和「玉樹臨風」這種小說常見的形容詞相當貼切。頭髮帶了點棕色調，看不出是染的還是天生的。

「再次向同學們打聲招呼，我是『民俗學Ⅱ』的授課教師高槻。各位新生，恭喜你們入學。二三年級的同學，今年也請多多指教。」

說完，高槻彰良就環視教室一周，微微點頭示意。

他的嗓音真是清澈到不可思議的地步。以男性來說音域偏高，透過麥克風也能輕柔淡雅地傳至耳中。看來不只臉蛋俊俏，連嗓音都如此迷人，上天真是太不公平了。

不過——這是為什麼呢？

不知怎地，聽到他的聲音，尚哉就覺得鬆了口氣。

「欸～高槻老師居然已經三十四歲了～！」

「咦～騙人，看起來像二十幾歲耶！怎麼回事啊，年紀輕輕就當上副教授，還長得這麼帥！欸，他結婚了嗎？還是單身嗎？網路上有沒有寫啊？」

後面的女孩子已經馬上拿出手機搜尋高槻的資料了。

「啊，妳看～高槻老師果然就是之前上過電視的人啊～他在靈異特別節目上解說妖怪，還在推特引發『哪來的帥哥副教授』的話題。」

「啊啊，難怪覺得眼熟。」

聽著後方傳來的對話，尚哉心想原來如此。剛才棕髮男說的「有名氣」應該就是這個意思吧。

「在場的各位，有人能回答民俗學是一門什麼樣的學問嗎？——啊啊，那位同學，妳正好拿著手機呢。不好意思，能幫我查一下『民俗學』這個詞的意思嗎？」

高槻對尚哉身後的女學生這麼說。看來兩人盯著手機聊天的模樣，從講臺上一覽無遺。

「啊，那、那個……透、『透過考察鄉野風俗，主要研究一般庶民生活及文化發展歷史的學問』……？」

忽然被點名，讓波浪長髮女孩有些慌張，但還是將網路上查到的民俗學解釋念了出來。

高槻微微一笑。

「是線上大辭典的解釋吧，謝謝妳。不過，這種辭典式的描述還是略顯生硬，聽到『透過考察鄉野風俗』這句話，或許會讓人摸不著頭緒——所謂的鄉野風俗，指的是從古至今流傳於大眾之間的習俗、傳說、傳奇、諺語、歌曲或舞蹈等等。說起習俗，一般人都不會意識到背後的淵源，但因為從前就這麼做，所以現代也如法炮製，舉凡這種類似的事情都算習俗。比如節分要撒豆子、吃惠方卷，就是如此。還有一再重複的習慣，父母對孩子講述留傳下來的傳奇故事等等。我們這些民俗學者，就是在研究這些鄉野風俗的成因，或是經年累月後會如何演變。一個傳奇故事誕生的背景，一個祭典舉辦的原因，透過這些研究，就能得知大眾的生活習慣和內心所想，民俗學就是這樣一門學問。柳田國男的傳奇研究和折口信夫的稀人理論都相當知名，或許有人曾經在其他地方看過或聽說過吧。」

學生們竊竊私語的聲音越來越少了。

教室裡變得鴉雀無聲，只剩下高槻講課的嗓音。

「說不定在場的同學當中，已經有人知道我是誰了。『之前在電視上看過耶，頭頭是道地講著妖怪的議題』。沒錯，我之前確實接過這種工作，而且現在也主要在研究怪談和奇異傳說。鬼故事、奇幻故事、妖怪或幽靈——其中我最感興趣的，是當代流傳的怪談及都市傳說，比如廁所裡的花子，以及有點過時的裂嘴女等等。這些故事得以流傳的背景因素，以及被認為是故事原型的事件，都是我目前致力研究的議題。」

老實說，尚哉實在很疑惑這些東西究竟算不算學問。這位帥哥是認真在研究這種東西嗎？

但教室裡的學生確實都對這位名叫高槻的男人說的話產生興趣，已經沒有人在滑手機或和別人聊天了。

尚哉也不例外。他雖然對都市傳說沒什麼興趣，還是覺得高槻說的這些話挺有意思。

畢竟高槻本人說話時的表情比任何人還要投入，眼神還像孩子般閃閃發亮。

入學後這幾天，他已經上過好幾堂課。教授和講師的風格形形色色，授課方式也因人而異。有的教授完全不跟學生有眼神接觸，只顧著嘰嘰咕咕念著自己撰寫的教科書。有的副教授滿嘴專業術語，根本不考慮聽者有沒有聽懂。有的講師從第一堂課就完全忽視玩手機或打瞌睡的學生，不慍不火地專注於課程——跟那些相比，這堂課可真是太有趣了。

「然後，我要向各位同學提出兩個請求。第一，希望同學們能協助我的研究。」

說完，高槻再度環視教室一周。

「我開設了一個名叫『鄰家奇談』的網站，連結就放在青和大學官方網站的民俗學專頁上，請各位之後點進去看看。網站上是我過去蒐羅的都市傳說實例及分類，但也接受一般人的投稿。如果聽說過類似的故事，有過類似的奇幻經歷，或是母校有七大不可思議傳說等等，請務必投稿給我……啊，但不要投稿自己編撰的故事或不實謠言喔。雖然這些也可能演變成新的都市傳說，我也很感興趣，但在分析及研究時會造成干擾。呃，換句話說，我的意思是……」

說到這裡，高槻首次拿起粉筆轉向黑板。

結果寫下的並非文字，而是看似體型腫胖的蛇……應該是蛇吧。沒有腳，尾巴尖細，從血盆大口中延伸而出的閃電狀線條，恐怕是舌頭吧。

「這是槌之子。」

高槻指著黑板上的畫，做出如此宣言。

教室裡傳來笑聲。看來上天沒有給這個男人繪畫的天分。

「往後的課程會再次提及槌之子，今天就不用抄筆記了——我想很多人都知道，槌之子是一九七〇年代在日本引發熱議的傳說生物。身長三十至八十公分不等，頭部是三角形，身體肥短，尾巴尖細。其實槌之子的記載可以追溯至相當久遠的年代，在《古事記》和《日本書紀》中就出現過名為『野槌』的山野精靈。於江戶時代編纂成冊的《和漢三才圖會》中，也記載了名為『野槌蛇』的蛇類，普遍認為就是在描述槌之子。目擊案例從東北到九州都有，範圍相當廣，目前懸賞金額最高甚至達到三億日圓，但這個生物的真相至今仍是未知數。」

高槻在槌之子的圖畫旁流利地寫下「古事記　野槌（山野精靈）」、「和漢三才圖會　野槌蛇」等板書。他的字跡比差強人意的畫技好看多了。

「然後，如果有人將『我在橫濱市看到槌之子了！』的目擊報告投稿到我的網站上。」

高槻彎起手指，並用指關節敲敲畫在黑板上的槌之子圖畫。

「這會讓我開心得不得了。」

教室裡再度傳出笑聲。

「接下來，我就會去蒐集這項報告的證據。如果有機會，會跟提供報告的人見面，請他帶我到目擊地點，然後花一點時間在那裡尋找槌之子的蹤跡。」

學生們哄堂大笑，尚哉也差點跟著笑出來。因為他腦海中浮現出西裝筆挺的高槻捲起褲管，拿著捕蟲網得意洋洋地撥開草叢找蛇的畫面。

「而且我還會跟附近的居民四處打聽有沒有看過槌之子。畢竟關東地區雖然在多摩川周邊或土浦有出現過目擊報告，但在橫濱倒是第一次聽說。我會全心全意地尋找槌之子的蹤跡——可是後來卻發現，這個槌之子的目擊情報並非屬實。」

至此，高槻在槌之子上方畫了一個大大的「X」。

「我一定會非常沮喪吧。除了先前認真尋找的工夫全部白費，還會衍生出更嚴重的弊害——可能會因為我的疏失，讓這片土地產生完全錯誤的民間傳說。」

高槻頹喪地垂下肩膀，神情哀戚地看著槌之子的圖畫。

「因為我四處打聽，附近的居民中或許會有人誤以為『這個地方說不定有槌之子』，『連大學老師都特地來找了，想必一定有』。可能也會有人心懷執念，將其他生物誤認成槌之子，還大肆宣傳『這裡真的有槌之子！』這樣一來就會亂七八糟了。本來應該沒有槌之子的土地，卻因為我前往考察，導致毫無地緣依據和文化背景的槌之子傳說在此扎根。在尋找槌之子的獵人或研究者眼中，我這種行為就是在搗亂。」

這話確實有點道理。因為在根本沒有槌之子的地點，煞有其事地流傳槌之子存在的謠言……至於現實中到底有沒有槌之子獵人這種職業，就先暫且不論。

「所以，請各位千萬別在『鄰家奇談』上投稿有意圖的創作或謠言。此外，也謝絕在網路上看來的故事。希望大家將除此之外的類別，比如直接從他人口中聽到的故事，或是親身經歷投稿——這就是我第一個請求，麻煩同學們配合。」

高槻向大家低頭一鞠躬。

接著，將畫得四不像的槌之子留在黑板上，再次轉身面向學生。

「第二個請求是針對授課的方式。我的課程基本上是以兩堂課為一單位，第一堂是〈介紹篇〉，用各種案例來介紹一個主題。第二堂是〈解說篇〉，用具體的方式解說第一堂介紹主題的關聯、淵源及文化背景。所以如果沒聽介紹只聽解說的話，應該會一頭霧水。花九十分鐘聽毫無概念的內容，應該有點辛苦吧？所以沒辦法來聽〈介紹篇〉的人，可以不必來上〈解說篇〉的課。不是叫你們不要來，只是覺得來了也沒什麼意義——所以第二個請求就是『請盡可能不要缺課』。」

聽到高槻這番話，教室裡頓時吵嚷起來，尚哉也心想，沒想到這堂課這麼硬啊。不對，都已經選修這門課了，本來就不該缺課。

這時，高槻露出一抹微笑。

「話雖如此，各位還是學生，此刻說不定是一生中最想盡情玩樂的時期。不但要打工，要參加社團活動，還想談戀愛，我想各位應該會忙得不可開交。當然，也會出現生病或奔喪等不可抗力——所以為了因故無法聽到〈介紹篇〉的同學，我會採取補課措施。原則上會訂在週五的第五堂課，如果連這個時間也難以配合，就來我的研究室吧，會把在〈介紹篇〉課堂中發的講義給你們。當然，只聽了〈介紹篇〉卻無法出席〈解說篇〉的同學也能比照辦理。」

教室裡又掀起一陣騷動，這次反應激動的主要是女孩子。「咦？可以去高槻老師的研究室？」「討厭～難道還有個別指導嗎～？」話題朝奇怪的方向變得熱絡起來。

「好，以上就是課堂簡介和注意事項，剩下的時間就來上課吧——第一堂課還是用正統一點的方式比較好，今天就來聊聊『計程車怪談』吧。猜大家都聽過，就是計程車乘客消失無蹤，後座椅面卻變得溼答答的故事。今天是〈介紹篇〉，下禮拜是〈解說篇〉。如果對這個題材沒興趣，下週的解說課可以自行跳過。那要發講義了，麻煩請往後傳。」

說完，高槻就將一疊講義交給坐在最前排的學生。

尚哉前排沒有坐人，高槻就往上走一個臺階，直接把講義拿給他。

講義上羅列了各式各樣的故事，有些根本就是怪力亂神的雜誌、週刊或八卦報刊上的文章，在地名、年代等處還畫了標註線。

尚哉後面的兩個女孩拿到講義後看了一眼，接著望向彼此，露出快要笑出來的表情。她們臉上一半寫著「真的要教這些東西喔？」，另一半則是「但感覺很有趣」。尚哉應該也露出了相同的表情吧。

他第一次覺得大學這個地方挺有趣的。

而且也覺得——高槻彰良這個人真的太有意思了。

高槻的課堂結束後，尚哉一走出校舍，名為社團招攬的狂風就從四面八方撲面而來。

「你是新生吧？對英文話劇有興趣嗎？待會在活動會館2A即將上演《阿瑪迪斯》的部分橋段，請務必參考看看！」

「我們是網球社『STEP』！一起揮灑汗水和青春吧！我們會跟其他學校舉辦聯誼！還會跟知名的貴族女大聯合舉辦喔！」

「我們是電影研究會！每週五都會舉辦鑑賞會，對自製電影有興趣的人千萬不要錯過！」

「我們是落語研究會～這個禮拜每天晚上五點都有表演喔～！」

沒一會工夫雙手就被塞滿傳單，好幾次都差點被強行拐走，只好連忙躲進校舍旁的小路避難，結果連書包都被擅自塞滿了傳單。怎麼回事，現在又不像高中可以靠室內鞋或校徽的顏色辨別年級，學長姐到底是怎麼分辨出對方是新生的？

對各個社團來說，四月這個時期應該是招攬新社員的黃金時期。早上還沒有如此盛況，到了下午社團招攬的威力就變得非常凶猛。校區內擺設入社攤位的中央大道附近，更是擠滿了等著新生經過的學長姐們。

把被扯歪的帽T和眼鏡整理好後，尚哉深深地嘆口氣。穿過社團招攬區就像衝進食人魚群一樣。看來只能從校舍後方繞過去了。

才這麼想著剛踏出第一步，就再次被人叫住。

「——你是新生吧？」

極度煩悶地轉頭一看，身後是一對儀容整潔的男女。

開口搭話的是女學生，她將一頭烏黑長髮紮成馬尾。

「要招攬社員的話，那就免了。」

尚哉用拒絕報紙推銷的口氣回答後，女學生苦笑著說：

「唉呀，不是啦，規模沒有社團那麼大。該怎麼說呢，我們是更輕鬆一點的集會，只要大家在喜歡的時間聚一聚聊個天就好。」

「對呀對呀，就是輕鬆的集會。聚會時會各自找些主題，稍微辯論一下。不，還不到辯論的程度，應該算是閒聊吧。」

男學生用力點頭說道，皮笑肉不笑的感覺相當可疑。

「……只是閒聊而已，何必來招攬新生？」

聽尚哉這麼說，男學生就誇張地搖搖頭。

「沒這回事！儘管只是閒聊，也經常需要廣納新的意見呀。對了，你對人生有什麼看法？我們出生後，經歷了上學讀書、考進大學、踏入社會、結婚等形形色色的體驗，但最後還是免不了一死吧？那人生存在的意義究竟是什麼呢？」

「那個，不好意思，我對哲學不太——」

「不不不，是比哲學更輕鬆的話題！」

「是呀，輕鬆閒聊而已……你想想，大學期間如果沒有加入社團，就很難找到歸屬感，也會覺得很寂寞吧？我們有個聚會用的空間，只要是入會的會員都能隨時利用。想來就來，跟大家輕鬆地聊聊天就好。我們真的只是輕鬆聊天的集會。」

兩人一再強調「輕鬆」二字，還緩緩拉近距離。

尚哉心想，啊啊，難不成是——

「——你們是宗教團體嗎？」

單刀直入地這麼一問，男學生的臉頰頓時一抽。

女學生依舊笑容滿面地說：

「討厭，怎麼忽然說這種話？我們才不是宗教團體呢。」

後半段的聲音突然扭曲變形。

尚哉嘆了口氣。

他從書包裡拿出耳機說道：

「……之前雖然在哪看過『說謊時表情會變』這種說法，但是大錯特錯。」

「什麼？」

聽尚哉這麼說，女學生一臉狐疑。

尚哉將耳機塞進左耳。

「我並不打算全盤否定宗教，畢竟確實有人將此當成心靈寄託，或許也有人曾因而得到救贖。但我不相信這種東西，也不覺得寂寞，不必在我身上費心了，不好意思。」

微微低頭示意後，尚哉就轉身邁開步伐。雖然聽到兩人在身後喊著「啊，等一下」，也毫不在乎地將耳機塞進右耳，打開音樂播放器。耳機裡傳來前陣子流行的連續劇主題曲，他馬上就將後方的聲音拋諸腦後了。

在大學的新生指南資料中，也寫著「可能有不肖分子會打著社團招攬的名義將人拉進邪教，請務必小心」的注意事項。

雖然不清楚他們算不算是要把人拉進『邪教』，也不想跟過去試一試。當用謊言誘騙他人的那一刻起，尚哉就覺得他們不是什麼好東西了。

——人在說謊的時候，表情是不會變的。

變的是聲音。

話雖如此，看來也只有自己才能體會這種感覺。

從某個時期開始，人們說謊的聲音在尚哉耳中聽來，就像是歪曲變形了似的。

第一次意識到時，尚哉還不知道發生什麼事相當困惑。當把「有時候覺得聲音聽起來很扭曲」這件事告訴父母後，他們馬上懷疑尚哉患有聽覺障礙。但跑遍各家醫院，不只耳朵連腦部都做了檢查，卻沒有發現任何異常。

漸漸地，尚哉才終於發現。

聽起來扭曲變形的，只有人類的聲音。

而且只有人類說謊時的聲音，聽起來才會扭曲變形。

聽到扭曲的聲音時非常不舒服，聽久了還會覺得噁心。但每當有人說謊就會立刻發現，才是最讓人痛苦的。

人類隨時隨地都在撒謊。為了保身，為了虛榮，張口就能謊話連篇。關係親密的友人會若無其事地欺騙自己，這就是讓人不想知道的真實。這個世界滿是謊言，處處都是扭曲變形的聲音。

乾脆把聽得出謊言的耳朵弄壞好了，這個念頭在心中出現過無數次。如果把原子筆芯或線香戳進耳裡，是不是就會喪失聽力？但每當下定決心動手時，卻又害怕得不得了，根本無法下手。

既然這個現象是某天忽然開始的，同理可證，或許也會在某一天忽然恢復原狀吧。這種樂觀的想法，也在一年年的流逝中逐漸消失殆盡。

他反而學會了最低限度的應對方法。

不想聽到討厭的聲音，那就先讓其他聲音流進耳中吧。他覺得發明隨身音樂播放器跟耳機的人真的是天才。從耳機傳出的音樂，就能消除絕大多數外面的聲音。

而且——如果不想在他人撒謊時屢屢受傷的話。

只要拉起一條線就行了。

儘管肉眼不可見，但絕對能夠阻絕自己與周遭的線。

如此一來，只要別跨足到線的另一頭就好了。

刻意孤僻行事也會引來各種麻煩，所以能免則免。跟每個人都能聊上幾句，談笑風生，建立安全穩定的關係也是很重要的。

可是絕對不能和他人深交。

絕對不能越線，主動向對方示好。

那是因為，當對方對尚哉說謊時，尚哉一定會發現。

所以大學期間不打算加入社團，更不想參加「輕鬆的閒聊聚會」。出席朋友間的酒攤次數，也會控制在最低限度。這樣就好。只要有耳機和眼鏡保護耳目，世界就會被趕到線的另一端，誰對誰撒謊的骯髒日常，也跟自己一點關係也沒有。

剛才那個女學生說——大學期間很難找到歸屬感，也會覺得很寂寞吧？

他並不覺得寂寞。

線內側的世界永遠平靜安詳，毫無波瀾。

而且在大學裡也不會完全找不到歸屬感，有個地方最適合喜歡獨處的人。

沒錯，就是圖書館。

青和大學圖書館的構造為地上八層，地下三層，整體相當氣派。舉凡各種文獻、報紙、週刊雜誌和影像資料等等，館藏資料相當豐富，還有無線網路。一樓的閱覽區能享受到巨大落地窗外傾入室內的陽光，總是座無虛席，但在造訪圖書館第三天時發現，只要越往地下樓層走，人就會越來越少。可能是因為天花板比地上樓層來得低，給人些許壓迫感，空調設備也差強人意，感覺空氣不太流通。也可能單純只是圖書配置的問題。

在設置於地下二樓牆邊的閱覽區找好位置後，尚哉拿出手機。

他想查一查高槻剛才說的「鄰家奇談」。

沒想到出現在螢幕上的是排版整潔清爽的網站。有各式各樣的都市傳說分類與案例，以及一般民眾投稿後尚未整理的故事等等，整齊有序地羅列在網站上。

網站最上方寫著這麼一句話。

把你身邊流傳的奇妙故事告訴我吧

尚哉試著點開一般投稿的頁面。

新文章最上方的故事如下：

雖然隔了有點久，但之前在美容院坐我隔壁的女性跟造型師說的故事滿有趣的，所以上來投稿。

似乎是她小時候遇到的事。

當時經常有個穿著黑色緊身衣的大叔在她家出沒。

大叔沒做什麼事，就只是在家裡來回走動而已。所有家人都對那個大叔漠不關心，所以她也自然而然地接受了大叔的存在。

某一天她從小學回到家後，發現那個大叔兩隻手掛在晾衣桿上，整個人垂掛在上頭。

見狀，她心想「啊啊，大叔被媽媽拿去洗了吧」、「洗乾淨之後被掛在上面晾乾」。

在那之後，大叔就消失無蹤了。

當時她年紀還小，天真地以為「大叔一定是被洗過所以才消失的」。

會不會是現代的妖精之類的呢？

看完文章後，尚哉疑惑地歪著頭，實在不知道該說些什麼。

畢竟是從別人口中聽來的故事在所難免，但完全沒把結局交代清楚。或者該說，內容本身也讓人不知做何判斷。

看到「穿著緊身衣的大叔」時，就覺得搞笑的成分大於驚悚了。如果那個大叔其實不是妖精也非妖怪，只是普通人類的話，那就只是普通的怪人而已，光想就讓人毛骨悚然。但看到「她的家人都漠不關心」，又覺得果然是某種超自然的存在。「因為被洗過晾乾才會消失不見」這種猜測，也讓人完全摸不著頭緒。

高槻會把這篇故事如何分類，安上學術性的定位呢？

聽了「民俗學Ⅱ」的第一堂課才知道，無論是什麼樣的主題，只要自己感興趣，都可以視為一門學問，當成研究對象，這就是大學。

尚哉從書包裡拿出寫到一半的課表。

並在依舊空白的星期三第三堂空格中寫下「民俗學Ⅱ」。

隨後為了尋找搜尋館藏資料的設備，尚哉從座位上起身。

高槻在課堂中提過的《古事記》、《日本書紀》及《和漢三才圖會》，這座圖書館應該都有收藏。他想確認這三本書中，是不是真的記載了槌之子的事蹟。

高槻彰良這個男人確實非常有趣。

而且隨著課堂進行，讓人越來越覺得是個「意外有點少根筋的帥哥」。

某天，高槻難得上課遲到了。

課程開始十分鐘後，高槻才急忙衝進教室，並慌慌張張地打開麥克風說：

「抱歉遲到了！本來以為放在陽光直射桌上的水果三明治還能吃，但果然不行！我吃壞肚子去廁所蹲了好久，真不好意思！」

……教室裡的學生應該都心想，這種事沒必要大聲強調吧。

另一天的課堂上，他在黑板上畫圖講解裂嘴女的外型變遷，但成果實在慘不忍睹。起初只有長髮和口罩這兩個特徵，結果又加上紅色大衣和白色喇叭褲，還戴著紅帽子，感覺下一步就是搭上紅色跑車了——看著黑板上畫的圖，坐在尚哉後方的學生小聲地說「總覺得很像會在幼稚園看到的『我的媽媽』畫像耶」……大致上確實是那種風格。

話雖如此，課堂本身還是淺顯易懂，讓人充滿好奇的內容。其他課程的學生出席率都在逐漸下降，有些課甚至從原本的大教室降級到中教室，但高槻的課還是盛況空前。儘管人數沒有第一堂課那麼多，但每次教室都能坐到八成滿。

反過來說，還是有人會蹺掉高槻的課——但關於這一點，就得提到高槻這個人的另一個特徵了。

上週已經上完〈介紹篇〉，這週要上〈解說篇〉時，高槻一如往常地環視教室一周，盯著幾個學生這麼說：

「你、你，還有那邊的你、你、你，上次沒來也沒參加補課，今天卻還是來上課啊？跟得上嗎？要不要把上次的講義發給你們？」

不管是坐在最前排的學生，還是坐在最後排的學生，高槻都一視同仁地問道。他的視力應該很好，恐怕連記憶力都好得出奇。這個班應該超過兩百人，卻能記住每次來上課的學生的臉。

六月初的時候，不只是臉，尚哉連名字都被高槻記住了。

當課程結束，學生們準備起身離開的那個瞬間，高槻再次打開原先關閉的麥克風電源說：

「啊啊那個，差點忘了。文學院一年級的深町同學，深町尚哉同學在嗎？」

「……咦？啊，是！我……我在這裡。」

忽然被這麼一喊，尚哉差點要從座位上跳起來。高槻從來沒有用這種方式對人指名道姓。總之尚哉先舉起一隻手，表明自己的位置。

高槻看了他一眼。

「關於之前交上來的報告，我想跟你談一談，待會有時間嗎？沒空的話，麻煩之後再找時間來我的研究室。」

「有……我有空，沒關係。」

尚哉回答後，高槻說了聲「太好了」並點點頭，對尚哉招招手。無奈之下，尚哉只好跟準備從教室後門離開的學生們朝反方向，往講臺走去。偏偏今天坐在後排，結果適得其反。

所謂的報告，是高槻上禮拜的課堂上出的作業。

他要學生選一個之前講解過的主題，用自己的方式歸納統整。但為什麼會因為那個報告忽然被叫住呢？難道是寫得太爛了？

幾乎所有學生都離開教室後，尚哉才終於走到講臺前。教室裡安靜無聲，高槻正在擦拭寫在黑板上的字。

看著那身高貴英倫風西裝的背影，尚哉小心翼翼地問：

「那個，我寫的報告有什麼問題嗎……？」

「啊啊，不好意思。忽然在大家面前叫住你，嚇到了吧？」

高槻轉過頭，將沾上粉筆粉末的手指拍了拍。

「待會可以來我的研究室一趟吧？等等還有課嗎？」

「今天已經沒課了。禮拜三只排到第三節。」

「那就好。來，我們走吧。」

高槻拿起自己的包包走了出去。

黑板旁邊的出入口，學生基本上不會使用，變成了教職員專用。高槻踏著颯爽的步伐往那道門走去，因此尚哉也急忙跟在後頭。

尚哉是第一次在講臺和階梯教室座位的距離之外看著高槻。兩人並肩同行後，他才再次感受到高槻的高挑身材。尚哉身高一七二公分，看著高槻時還得微微抬頭，看來高槻的身高超過一八〇。他的雙腳修長，步幅也很大，於是尚哉稍稍加快腳步走在高槻身邊。

教職員用的出入口能直接通到校舍外。因為是階梯教室，後排座位是在二樓，教室最下方則是一樓。

穿過陽光灑落的中庭時，高槻開口說道：

「別那麼緊張，你的報告寫得很好，畢竟每堂課都有來，好像還會抄筆記嘛。我覺得你是個認真的好學生。」

高槻笑容滿面地看向尚哉。

那透著光芒的眼眸瞬間閃過一抹藍色，讓尚哉嚇得目瞪口呆。

不是西洋人那種明亮的藍眼睛，而是更加深沉，接近夜空的那種藍色。

「深町同學？怎麼了嗎？」

尚哉不由自主地抬頭緊盯著高槻的臉，高槻一臉狐疑地往下看著他。

剛才應該是被光線影響吧，現在看起來又是普通的深褐色眼睛了。

「啊，不，沒什麼……那個，老師。」

「什麼事？」

「你真的都記得每次來上課的學生的臉？」

「記得啊，我的記憶力從以前就比別人略強一點。」

高槻說完笑了笑。總覺得不是略強一點的程度耶。

這個時間的中庭感覺有些混亂。四月結束後，社團招攬的氣勢也逐漸減退，但原先在這裡活動的人似乎又重回現場，只見四處都是學生在各自忙碌。有放音樂練舞的熱舞社、圍成圓形練習發聲的戲劇社，不知為何有一大群人在玩跳繩，還有在練習雜技的人，應該是街頭表演研究會吧。

高槻在這群學生中穿梭自如，並走向人稱研究室大樓的建築物。

尚哉問道：

「既然報告沒問題，為什麼還要把我叫出來？」

「嗯。其實我想談的是報告附加的部分。」

高槻這麼回答。

所謂的報告附加，是高槻指派報告作業時曾說「如果能額外附加聽別人轉述的神祕故事，或是自己的奇妙體驗，我會加一點分，能寫的人再寫就好。但就像之前說的，不接受自創和隨口胡謅的故事喔」。

所以尚哉把童年經歷的那個奇妙體驗寫在報告裡。

「先確認一下，那不是從別人口中聽來的故事，也不是從其他地方看來的，而是你的親身體驗吧？」

「……是的。」

「這樣啊。我很有興趣，請務必把詳情——」

就在此時。

高槻身旁忽然響起翅膀拍動的聲音。

尚哉也嚇了一跳，不禁往該處看去。

原來是兩隻純白的鴿子振翅飛了過去，兩個拿著絲質禮帽和手杖的學生慌張地追在後頭。

「……是魔術研究會嗎？要練習從帽子變出鴿子的魔術，應該在室內比較……老師？」

這時，尚哉發現站在身旁的高槻整張臉都繃住了。

高槻的包包從手上滑落而下，修長的身軀開始不穩搖晃，尚哉趕緊伸手試圖撐住，卻事與願違，兩人一同跪在地上。

「高槻老師？老師，你還好吧！」

尚哉往高槻一看，只見他低垂的臉龐完全失去血色。是貧血嗎？周遭的學生也發現異狀，紛紛擔心地看了過來。

高槻輕輕用手扶著額頭，開口說道：

「……啊啊，抱歉，我被嚇到了。」

他的聲音雖然還是有些無力，口氣卻很沉穩。

「過一陣子自然就會恢復了，別擔心，我沒事。」

「是貧血嗎？」

「嗯，類似……我，很怕鳥。」

「啥？怕……鳥嗎？」

在高槻倒地之前，確實有鳥飛過他的身邊。

雖說是鳥，剛才也只不過是鴿子而已。

「為什麼要怕呢……鴿子不會攻擊人類吧？」

「你問我也沒用啊，我就是害怕所有鳥類，是一種恐懼症。」

高槻說完站了起來。他的臉色已經恢復以往，腳步還是有點不穩。

「恐懼症？為什麼這麼怕鳥呢？」

「深町同學，你有看過希區考克執導的電影《鳥》嗎？」

「沒看過。」

「那真的該去看一下，你一定也會對鳥產生恐懼。」

「請不要把自己的恐懼症傳給他人。」

「唉呀，其實主要原因也不是那部電影啦——我從以前就不太喜歡鳥類。麻雀或鸚鵡這種小型鳥還能忍受……啊啊，但如果數量一多也受不了。那種『啪沙啪沙』的振翅聲總是會傳到耳裡。」

高槻整張臉皺成一團這麼說，看來是真的很討厭鳥類。不過，尚哉雖然也聽說過「蜘蛛恐懼症」，卻沒想到真的會怕到臉色鐵青昏倒的程度。

「不用去保健室嗎？」

「沒關係，在研究室休息就好。」

「啊，我幫你拿包包吧。」

尚哉心想哪怕這樣也好，便將手伸向高槻準備提起的包包。

高槻看著尚哉眨了好幾下眼睛，似乎很驚訝，隨後微微一笑。

「謝謝，但裡面放了文件和電腦，應該很重喔？」

「那就更應該幫你拿了。」

高槻說得沒錯，尚哉拿起包包後就覺得沉甸甸的，實在不該讓步伐不穩的人拿著走。

高槻對拿起自己的包包往前走去的尚哉說：

「深町同學很體貼呢，是會在電車上自動讓座給老人家的類型。」

「……哪有，這很正常吧。」

「要給『正常』下定義其實不是件容易的事。但如果在你心中，認為善待弱者的行為很正常的話，那我覺得你算是非常親切的人。」

「這種說法真有學者的風格。」

「別看我這樣，我也是學者呢。」

高槻笑著這麼說，口氣比剛才更沉穩，看來情緒應該恢復了吧。

高槻的研究室位於研究室大樓三樓。這棟建築物是各學院教師和研究生的大本營，大一學生沒什麼機會來訪。每間研究室的門上都標示著簡單的房號，以及小小的教師姓名。

高槻的房號是304，他直接推門而入，似乎沒鎖門。

尚哉也跟在後頭準備走進房內——卻頓時嚇得停下腳步。

有個人倒在地上。

是個長髮女學生。她橫臥在房間中央的大桌和牆邊書櫃的中間，看起來像暴死街頭的屍體似的，身上穿著寬鬆過大的襯衫和陳舊牛仔褲。四周散亂著書本，整體看來有點像案發現場。高槻都走進來了，她還是動也不動，手指伸向地上那些攤開的書本，簡直就像在展示死前留下的訊息。

「咦？怎麼回事！那、那個，要、要不要叫救護車……！」

「唉呀，沒事啦，她經常這樣。」

高槻用泰然自若的語氣，對大受震撼的尚哉這麼說。

「喂～瑠衣子同學～不能睡在這種地方啦，之前不是說過了嗎？好了，快起來。」

「嗯～……？」

被高槻拍拍肩膀後，名為瑠衣子的女孩才緩緩動了動身子。

「咦～……什麼？彰良老師？……討厭，我睡著了嗎……」

「真是的，不能因為學術發表會快到了就勉強自己啊。論文進入最後階段的話就來找我商量，待會讓我看一眼。總之不能睡在地板上啦，臉頰都壓出地板的痕跡了。」

「啊～……對不起，因為地板涼涼的很舒服……」

抓住高槻伸出的手後，瑠衣子在附近的折疊椅坐了下來。如高槻所說，她的臉頰明顯壓出地板接縫的紋路。她拿起紅框眼鏡往臉上一戴，卻還是戴歪了，隨手紮起的長髮也亂成一團。

這時，瑠衣子將視線移向尚哉，歪斜眼鏡下方的雙眼迷濛地眨了幾下。

「嗯～……？彰良老師，這個可愛的孩子是誰啊……一年級的嗎？叫什麼名字？」

「啊，呃，我是文學院一年級的深町。」

「是嗎？我也是一年級耶，不過是研究所啦。我叫生方瑠衣子，請多指教～」

瑠衣子這麼說，沒有妝容的素雅臉龐勾起一抹憨傻的笑容。看來她真的是睡迷糊了。

高槻撿起散亂一地的書本說：

「瑠衣子同學，深町同學是客人，不可以調戲人家。我先幫妳泡杯咖啡，喝下去清醒一下——咦？瑠衣子同學，妳今天不是有補習班講師的打工嗎？」

聽到這句話，瑠衣子渾身一震。

她終於把歪掉的眼鏡重新戴好，看了看戴在手腕上的手錶，頓時嚇得瞪大雙眼猛然起身，把椅子撞得鏗鏘作響。

「糟糕，忘記了！……我想想，現在回家換衣服化妝……好，勉強來得及！那我先走了，彰良老師，謝謝你幫我記得這件事～！」

瑠衣子一把抓起似乎被她踢到桌下的包包，以迅雷不及掩耳的速度衝出研究室，感覺十分匆忙。

尚哉不禁愣在原地目送瑠衣子離開，高槻則苦笑著對他說：

「深町同學，以防萬一先把話說清楚，她是非常糟糕的研究生例子，我的研究生不是人人都像她那樣喔？」

「喔……研究生真的很辛苦呢……」

總而言之，他已經徹底看出瑠衣子處處掉漆的感覺了。

「但她是個很認真又熱心的好孩子，學術發表會之前研究生幾乎等於是住在研究室和圖書館裡了——好了，深町同學，抱歉一開始就讓你看到這麼奇怪的畫面。總之先在那邊找位置坐吧。」

高槻這麼說，並從尚哉手中拿回自己的包包放在桌上，往研究室深處走去。

「難得來一趟，也該拿出飲料招待一下。你想喝什麼？有熱可可、咖啡、紅茶和焙茶。紅茶和焙茶是用茶包泡的，順帶一提，熱可可是VAN HOUTEN的唷！」

「啊，麻煩給我咖啡吧。」

「推薦你喝熱可可……」

「我不喜歡喝甜的。」

拜託別一手拿著VAN HOUTEN的袋子，用遺憾至極的眼神看我好嗎。

雖然覺得讓剛才身體不舒服的人準備飲料不太好，但高槻的氣色幾乎恢復了。看樣子確實如本人所言，只要過一會就沒事了。

尚哉在摺疊椅上坐下，環視研究室一周。

高槻的研究室十分寬敞。除了擺放於中央的大桌外，角落還有兩張放著電腦的書桌。入口正前方的牆上有一扇大窗，剩下三面都被書櫃塞滿了，空氣中隱約有種舊書店的氣味。架上除了專業書籍之外，還夾雜了許多MU月刊[2]和次文化類的都市傳說書籍，很有高槻的風格。

窗前有張放著熱水壺和咖啡機的小桌。高槻從桌子旁邊的餐具櫃中拿出馬克杯並問道：

「深町同學，你今天是第一次踏進研究室大樓嗎？」

「啊，是的……沒想到連續劇裡的研究室滿合理的，整體氣氛就是這種感覺。」

「我的研究室已經算很正常了。考古學的舟橋老師房裡放了土偶和火焰式土器，西洋中世紀史的田村老師房裡還有騎士盔甲和長槍呢。日本史的三谷老師，研究室架上放了一整排市松人偶喔。」

「……三谷老師在研究市松人偶嗎？」

「不，好像單純只是興趣。在跳蚤市場看到就會買下來，其中還有半身焦黑的人偶，超恐怖的呢。雖然三谷老師說那些人偶不會動，但學生們都怕得要死，完全

2　日本專門介紹超自然現象的月刊。

不敢靠近他的研究室。」

準備飲料的同時，高槻笑著這麼說。

聽著高槻的嗓音，尚哉不禁心想他的聲音聽起來真的很舒服。

或許柔和的聲調與隨時都很愉悅的口氣也有影響，更重要的是高槻不會撒謊。

雖然只有在課堂上和剛才從教室走到這裡時聽過他的聲音，這一點依舊難能可貴。人類可以如呼吸般自然而然地撒謊。雖說為了取悅對方時多少會把話說得誇張些，到頭來也跟撒謊沒兩樣，但在高槻身上甚至沒有這種情況，所以聽起來十分悅耳。如果是這個嗓音，聽久了還是能覺得安心自在。

一浮現出這個念頭，心底最深處忽然傳來聲音。

——這也不代表那個男人未來絕對不會說謊啊。

尚哉的心怯懦地瑟瑟發抖，那個聲音仍狡猾地持續低語。

那傢伙總有一天會說謊，這是必然的結果。

別相信他，拉起線，千萬不准越線。

因為你……

已經變得『——』了——

「……深町同學？」

高槻的嗓音忽然從極近處傳來。

尚哉驚訝地抬起頭，發現高槻不知何時拿著托盤站在一旁。足以媲美演員的俊美臉龐湊到尚哉面前盯著他的臉，近到讓人想說「沒必要離這麼近吧」的地步。

「怎麼了，臉色忽然這麼難看？」

「啊，不……」

正想回答「沒什麼」時，近在眼前的高槻雙眸中似乎又出現一抹藍色，尚哉頓時倒抽一口氣。

又來了。那雙帶有深沉色調的藍眼睛，就像在鄉下仰望的夜空。

小時候經常去祖母家玩，當時抬頭看到的夜空正好就是這種顏色，看久了甚至讓他有些恐懼，深怕會被夜空吸進去，拋到某個未知的虛空裡頭。

「——老師，你有二分之一或四分之一的外國血統嗎？」

尚哉忍不住開口問道，高槻有些驚訝地歪著頭。

「咦？沒有啊，怎麼回事？」

「那個……你的眼睛有時候看起來是藍色的。」

高槻將托盤放在桌上，臉上帶著些許困惑之色。

「經常有人這麼說，但我自己也不太清楚……畢竟虹膜的顏色取決於麥拉寧黑色素的比例，可能我眼睛裡的色素量跟別人不一樣，在不同光線下就會有這種效果吧——來，請用。」

高槻從托盤上拿起裝有咖啡的馬克杯放在尚哉面前。整個杯子畫滿了迷幻藝術風格的大佛，感覺很前衛。

「……為什麼是大佛啊？」

「啊啊，這個啊，是以前一名研究生去奈良帶給我的土產。深町同學不喜歡大佛嗎？」

「呃，不是喜不喜歡的問題……對了老師，你的……」

「嗯？有什麼問題嗎？」

說著說著，高槻在尚哉旁邊的椅子上坐了下來。

高槻手上的藍色馬克杯裝滿了熱可可，上頭還放著棉花糖，空氣中瀰漫的甜蜜香氣差點讓尚哉頭昏眼花。

「……老師，你是螞蟻人啊。」

「因為大腦的唯一營養來源就是葡萄糖嘛，還是要積極攝取糖分比較好。」

也就是說，這個人平常就會吃這種甜死人的東西嗎？這樣體重應該免不了會上升吧。但他那張甜美俊俏的長相，確實也很適合甜滋滋的飲品。

「好了，深町同學，進入正題吧——關於你寫的神祕體驗。」

高槻喝了一口杯中的熱可可，露出心滿意足的微笑後，接著說道。

「雖然也有幾個同樣寫了奇幻故事的學生，但大部分都是抄襲網路或書上看來的題材，只是稍作改編而已。但你寫的故事跟他們不一樣，讓人有種『哇，這應該真的是親身體驗吧』的感覺，所以才把你叫過來。沒錯，我記得……是這樣的故事吧。」

說完，高槻忽然露出凝視半空中的眼神。

他開口說道：

「這件事發生在我的小學時期。

去鄉下祖母家玩的時候，雖然僅此一次，但我碰上了一場深夜中舉辦的祭典。祭典本身每年都會舉行，我也很期待參加祭典，只是那一年我發了高燒無法前往。但半夜醒來時卻聽見太鼓聲，以為祭典還沒結束，就一個人偷偷跑出祖母家。抵達祭典會場時，場上只剩下盆舞活動，攤販全都收攤了。空中掛著好多從未見過的藍色燈籠，大家就在燈籠下配合太鼓聲翩翩起舞。奇怪的是，現場完全沒有盆舞音樂，所有人也都戴著面具。

到了早上，我把祭典的事情告訴家人和祖母，他們卻說『從來沒聽過這種祭典，也不可能發生這種事』。

或許這只是一場夢，但畢竟是親身經歷的神祕遭遇，我還是先寫下來了。」

簡直就像把寫在空中的文字逐一朗讀出來似的。

尚哉驚訝地看著高槻。

他雖然不太記得自己寫的內容，卻覺得高槻剛才說得完全正確，說不定還一句不漏。

「老師，你把我寫的文章全記下來了？」

「剛才不是說了嗎，我的記憶力比別人略強一點，可以過目不忘。」

「這算是……『瞬間記憶力』或『超憶症』之類的嗎？」

尚哉之前有在其他地方看過，有些人能將所見所聞和發生的事，全都原封不動地記在腦子裡。

「嗯，大概是那種感覺。好在對這個職業來說還算方便。」

高槻果斷地說。難怪每次都能記住來上課的學生的臉。之所以一口咬定其他學生的故事是抄來的，也是因為完全正確地記得過去在網路或書上看過的文章吧。

「別管我了，深町同學的體驗比較重要。我想問你幾個問題，可以嗎？」

「可以……但這是很久以前的事，可能記不清楚了。」

「回答記得的部分就好——你說是小學發生的事，具體來說是什麼時候呢？當時幾年級？」

「四年級。」

「是嗎？那已經滿大了耶，也學到不少知識和智慧了。所謂的鄉下是在什麼地方？」

「在長野，是離車站很遠的山裡面……不過不記得具體位置了。雖然當時每年都會去拜訪，但沒有注意過地址。」

「『從未見過的藍色燈籠』這個說法讓人很好奇呢。這是什麼意思？平常的祭典不會使用藍色燈籠嗎？」

「對，平常都是紅色燈籠，正中央會寫上店家的名字……我是第一次看到那種藍色燈籠，在那之後也沒見過。」

隔年跟堂哥們去祭典時，尚哉已經親眼確認過了。懸掛在祭典會場的燈籠當中，完全沒有跟那天晚上一樣的藍色燈籠。

高槻十分好奇地點點頭，卻沒有做筆記，可能是因為沒必要吧。

「你在報告中沒有提到參加祭典後發生了什麼事。你當時也加入盆舞的行列，一直待到早上嗎？」

「啊，不……我沒有一起跳。那個……只是在外圍觀看而已。而且等回過神來就已經早上了，不知何時回到被窩裡，所以才懷疑是不是一場夢。」

「這樣啊，這種狀況很常見呢。不過——應該有某些理由讓你覺得『那可能不是一場夢，而是真實的親身體驗』吧？」

聽到高槻的疑問，尚哉頓時答不上來。

高槻彷彿逮住這個機會般再次提出問題。

「如果你只覺得是一場夢，應該就不會把這個故事寫進報告裡了，所以有某些因素讓你知道那不是夢，有某個可以證明參加過深夜祭典的證據。那是什麼？你到底是用什麼依據判斷那不是夢？」

尚哉心想，他真的很敏銳，不愧是頭腦聰明的人。

……可以坦承到什麼程度呢？

為了掩飾剛才沒有立刻回答的窘樣，尚哉將手上的杯子湊到嘴邊，慎重地考慮起來。只要忽略杯子上的迷幻藝術大佛圖案，咖啡本身的味道其實還不錯。

如果照實搬出那天晚上的遭遇，根本不會有人相信。而且，既然要提到那天晚上的事，勢必會說到耳朵的問題，但這種事更不會有人相信了。還是不要說比較好。

於是尚哉放下杯子開口說道：

「醒來的時候，發現睡衣上沾著草葉。發燒以後我一直在睡覺，除非半夜自己跑出去，否則不會沾到草葉。所以才覺得『啊啊，這件事可能是真的』。」

他沒有說謊，事實的確如此——當然，讓尚哉判斷不是在做夢的理由可不只有這一點。

「是嗎……」

聽尚哉這麼說，高槻陷入沉思般稍稍垂下視線，一手輕輕摸著下顎。

隨後，再度問道：

「你說跳盆舞的人全都戴著面具吧……那你呢？難道當時也戴著面具嗎？」

「你怎麼知道？」

「我猜就是因為你也戴著面具，才能參加那場祭典。」

高槻這麼說。

「我認為，那可能是亡者的祭典。」

「亡者……」

「盆舞原本的意義，就是在中元時節供養回到陽間的亡者和精靈。每個地區的習俗不同，人們會用面具、斗笠或頭巾遮住臉龐跳盆舞。比較有力的說法是，這麼做是為了讓從陰間歸來的亡者們可以混入舞群當中不被發現。只有亡者和生者共舞的這段時間，彼此才能毫無隔閡地一同享樂——另外也有被亡者看到長相，就會被帶往陰間的說法。」

聽了高槻這番話，一股冷冽的寒意竄過尚哉的胸口。

——糟糕，已經被發現了。

耳朵深處再次浮現出祖父當時的聲音。

為了揮去那股聲音，尚哉開口向高槻提問：

「老師，藍色燈籠有什麼含意嗎？」

「藍色燈籠本身到處都有，只是，既然你們那邊的祭典一般不會使用，那就一定具有某種意義——對了，根據『藍色』這個顏色，我會聯想到江戶時代在百物語中使用的青行燈。」

「行燈？」

「沒錯。江戶時代掀起一陣怪談風潮，講述鬼故事的百物語遊戲似乎非常流行，遊戲中所用的便是糊上藍紙的行燈。在寬文六年出版的《伽婢子》這本書中也提到『談論鬼怪，鬼怪自來』，並記載了當時的百物語玩法。」

說完，高槻再次露出凝視半空中的眼神。

「『百物語有其步驟。在月色昏暗的夜晚點燃行燈，將其燈糊上藍紙，再點燃百支燈芯。每說一個故事，就要拔去一根燈芯，屆時席間逐漸昏暗，藍紙幽光映照其中，過程可謂驚險刺激』——換句話說，要在月色昏暗的夜裡點燃青行燈和一百支燈芯，每說完一個怪談就要抽掉一支燈芯，營造出逐漸幽暗的氣氛，並以此為樂。我很好奇為什麼過程中要刻意使用藍色這個顏色，或許當時的人對藍色帶有通往異界的印象吧。」

「異界……」

「對陽間來說就是陰間，或者也可以泛指相對於人類居住的世界，也就是非人類的棲所。深町同學過去參加的一定就是那種祭典，但不知道在場的是否全都是亡者，還是亡者與生者戴著面具互不相識？往後若有機會，真想親臨現場問個清楚。」

邊。

高槻的雙眼像孩子般充滿了興奮與期待，說完後又把裝著熱可可的杯子拿到嘴

隨後，忽然像是想起什麼似的將杯子移開嘴唇，看著尚哉說：

「對了，最後再讓我問個問題——你在那場祭典有吃什麼或喝什麼嗎？」

尚哉的肩膀差點嚇得一震，但應該勉強忍下來了。

他隔著眼鏡回望高槻問道：

「為什麼這麼問？」

「不論去什麼地方，吃下當地的食物後，就代表變成了當地的共同體。《古事記》中提到的『黃泉戶喫』要表達的就是這個概念。伊邪那美吃了黃泉之國的食物，就成了黃泉之國的人民。如果你在亡者的祭典中，受人鼓吹後真的吃了什麼東西——」

「我……我沒有！我、我根本沒吃東西！」

尚哉語速飛快地說，彷彿要打斷高槻說的話。

嘴裡似乎又出現那股纏繞在舌尖上的黏膩甜味，慌張的尚哉再次將杯子拿到嘴邊喝下。咖啡的香氣和苦味勉強沖淡了記憶中的那個味道。

高槻一臉疑惑地看著尚哉。

「是嗎？那就好。」

「——那個，老師。」

「嗯？怎麼了？」

「你為什麼對神祕奇談這麼有興趣呢？」

尚哉對高槻提出疑問，試圖轉移話題。

「我看了老師架設的『鄰家奇談』網站，裡頭雖然有幽靈、怪獸、妖怪、都市傳說等不同的題材，但老師相信這些都是真的嗎？」

「……也不至於完全相信啦。」

高槻用雙手捧著熱可可的杯子這麼說。

「就像在課堂上說的，大部分口耳相傳的故事都有衍生背景。有些是為了規戒或教訓，或是替無法解釋的狀況加上合理的說法。換句話說，這些故事基本上都是杜撰的——可是，說不定也有真實案例潛藏其中。」

「……真實案例？」

「實際遭遇靈異現象的人的經驗談，或是其傳聞……我想知道的是，這個世上是否存在真正的靈異現象。如果真的存在，我實在很想追根究柢，也想親眼見識或遭遇看看。」

「你真是個怪人。」

「大家都這麼說。」

高槻「啊哈哈」地笑了起來。他真的是個笑容如孩童般純真的人。如果天真單純的孩子沒有走偏就這麼長大成人的話，或許就會變成高槻這樣的人。

「啊，不過，多虧設立了那個網站，在一般投稿的頁面上也收到各式各樣的故事呢。其中還有人會直接來找我諮詢喔。」

「諮詢？」

「遭遇神祕經歷的人，希望我幫忙解開那些怪異的謎團。最近正好收到了這種詢問。」

高槻伸手將放在桌上的包包拉過來，從中取出筆電操作一會，並將螢幕轉向尚哉。

是信箱畫面，看來是從「鄰家奇談」的服務信箱寄過來的。寄件人是一名女性，上頭寫著自己租的公寓似乎會鬧鬼，希望高槻過去一趟。

「鬧鬼的公寓……」

「雖然沒有仔細描述，但應該是出現某些東西了吧。是不是很好奇啊！」

高槻雙眼閃閃發亮的這麼說。

「老師，這件事你打算怎麼處理？」

「嗯，一定要去問個清楚，想好好調查這件事。」

「老師，你有靈力嗎？」

「很遺憾，完全沒有。但沒有靈力也可以調查啊。」

看來這話是認真的。對了，他之前也說過，如果收到槌之子的目擊報告就真的會去現場查找……果然學者可能都有點怪怪的。

總而言之，關於報告的質問似乎已經告一段落，那差不多可以回去了吧。接下來的問題應該跟尚哉沒有直接關係。

於是尚哉將咖啡喝完，拿起自己的書包站起身。

「那我先告辭——」

話還沒說完。

「等一下，深町同學！我剛才想到一個絕妙的好點子！」

高槻竟忽然抓住尚哉的手大聲說道。

尚哉驚訝地低頭看向高槻，高槻也站了起來，手卻仍抓著不放，原本往下看的畫面忽然逆轉成往上仰望。尚哉滿臉疑惑地抬頭望向高槻，高槻依舊用充滿光芒的雙眼低頭看著尚哉。

「欸，深町同學，你要不要打工？」

「打、打工？」

「對啊，具體來說，就是當我的助手。希望你跟我一起去見那位委託人。」

高槻還是抓著尚哉的手，笑容滿面地說。這個人幹嘛忽然講這種話啊？

「我、我為什麼要……就算問要不要當助手，我什麼都不會耶！隨便帶個研究生過去都比我有用多了吧，比如剛才那位學姐……」

「嗯～畢竟他們都很忙。而且不需要有專業知識，因為我有嘛。我想想，需要的是普通的常識。」

「……什麼？」

「有時候會搞不清楚一般人具備的常識，讓我有點困擾呢。」

真希望他別露出真的傷透腦筋的表情，說出這些腦子有問題的言論。而且能不能趕快放開手啊。

「另一個讓我煩惱的問題就是，只要是從來沒去過的地方，我一定會迷路。」

「看地圖不就好了嗎？」

「當然有看啊！可是地圖提供的資訊太少了吧？雖然標示了道路和建築物，但實際來到現場，才發現還有很多其他東西啊。像是自動販賣機、停在路邊的腳踏車、店家招牌、店頭陳列的商品、路人、路人牽著的小狗等等，這些東西全部進入視線後，資訊就會在腦海中氾濫成災，害我沒辦法好好對照地圖……」

高槻用手指輕點自己的太陽穴這麼說。

看來這是高槻超乎常人的記憶力帶來的反效果。

普通人看到一幅景象，就只會注意到必要或感興趣的目標。大腦會無意識地將資訊做出取捨，刪除不必要的事物，或是將必要因素加以補足。但高槻的大腦恐怕會把映入眼簾的所有事物，均等地化為鮮明的影像記錄在腦海裡。而資訊過多的影像應該很難跟太過簡略的普通地圖加以整合吧。

「所以，我期待助手的技能是具有一般常識，和不會迷路。怎麼樣，深町同學是有常識又會看地圖的人吧？」

「……唉，算是吧。」

「那就決定了！就配合深町同學方便的時間吧，何時有空呢？」

高槻將依舊抓著的尚哉的手用力上下搖晃，接著改為握手，露出燦爛無比的笑容說道。隨隨便便就把話題延伸下去，看來這個人或許真的有點沒常識。

但後續提出的薪資條件也不差，考量到自己的財務狀況，尚哉還是接受了高槻的提議。

所以這個週末，尚哉便和高槻一同拜訪住在鬧鬼物件的那名女性。

諮詢對象的女性是住在杉並區的ＯＬ，名叫桂木奈奈子。

他們和奈奈子約在從阿佐谷站徒步一分鐘的咖啡廳。雖然覺得就算高槻再不會認路，這點距離也不至於會迷路，但以防萬一，尚哉還是跟高槻約在車站的票閘口。

這個決定是正確的。

「……老師，你走錯邊了。」

「咦？奇怪，走錯了？」

尚哉試著讓高槻自己走，高槻卻直接往反方向走去，尚哉只好急忙將他拉回來。連第一步都走錯方向，接下來一定會迷路。

「老師，這些年你到底是怎麼活過來的？」

「啊～周遭很多親切熱心的人嘛。」

高槻這麼說，並用笑容帶過尚哉驚訝的視線。

「但只要去過一次，我就一定會記住，所以別擔心喔？我只會在第一次迷失方向。」

「要是過了好幾年，街景改變了怎麼辦？」

「啊，其實意外地沒什麼問題。就算有幾棟建築物改建，或是換了店面，除非街道本身出現重大轉變，否則都可以整合起來。你想想，拿很久以前的黑白風景照和現在的照片相比，不也會留下一些過去的影子嗎？就是那種感覺。」

「喔，原來是這樣啊……總之老師，在把眼前的景色記下來之前，都不要走在前面，由我來帶路吧。」

於是尚哉帶著拚命道歉的高槻，走向與奈奈子相約的咖啡廳。

尚哉和高槻一踏入店內，坐在中央桌位的女性就立刻看了過來，和高槻對上視線後便輕輕點頭致意。看來那位就是桂木奈奈子，她應該事先在網路上查過高槻的長相了吧。

桂木奈奈子有一頭及肩的直髮，渾身散發著穩重的氣息，目測年齡約在二十五歲至三十五歲之間。

尚哉和高槻一同在奈奈子對面坐下後，奈奈子就再次向高槻鞠躬說道：

「敝姓桂木，感謝您百忙之中特意抽空。」

「敝姓高槻。這位是我的學生深町同學，是我的助手。」

說完，高槻遞上名片。

由於五官端正有型，配上這種柔和的微笑和充滿知性的談吐，看起來非常值得信賴，實際上卻是連從車站徒步一分鐘的地點都無法自行抵達的人。

尚哉跟前來點餐的店員點了咖啡，高槻則點了熱可可。待餐點送上桌後，高槻就急著向奈奈子催問：

「那麼，關於您想商量的事，能請您把詳情告訴我嗎？」

奈奈子先是微微低下頭，隨後才用細微的嗓音娓娓道來。

「我住的那棟公寓好像不太對勁……」

奈奈子表示她是約莫兩個月前搬到現在這個住處，是雙層公寓內附廚房的套房。屋齡雖然老舊，但最近內部裝潢翻新，整體而言算是乾淨整潔。

第一次發現異狀，是在一個月前的深夜。

當時她聽見了「叩叩、叩叩」的敲打聲響，而且聲音不是從玄關大門，而是從牆邊傳來的。看來是鄰居在敲打牆壁。

起初她沒有多想，但連續好幾天都出現這個狀況後才忍無可忍。某天，她終於去找隔壁鄰居抗議。

但不管怎麼敲門，都沒有人出現。

說穿了，那間套房根本感受不到有人居住的氣息，門牌上也沒寫名字。隔天早上試著向房東詢問，才確定那是間空屋。

聽到奈奈子主張「不可能，一定有人住在裡面」，房東才臉色一變，懷疑可能有人擅自闖入居住，於是跟奈奈子一起去房裡確認。

「可是……門鎖沒有被撬開的痕跡，窗戶也沒有被打破。不管怎麼看，房間裡感覺就是空無一人。」

房東說奈奈子應該是剛搬過來太過疲累，就這麼回去了。看過那間套房的狀況後，奈奈子也不想繼續深究。

但之後還是持續出現敲擊聲。

不僅如此，除了敲擊聲以外，後來還演變成「嘰哩哩、嘰哩哩」這種指甲抓撓牆面的聲音。

「我真的很害怕……但房東完全不想理我，因為那間套房就是沒有人住。」

她真的很想搬家，但經濟狀況沒有充裕到可以一搬再搬的程度。

不久後，怪異的現象開始變本加厲。

奈奈子下班回家後，發現房間地板上出現明顯不是自己頭髮的細長髮絲。

之後某一天，陽臺的落地窗外居然出現一個手印。她住的明明是二樓啊。

「所以我開始猜想，這間套房之前可能死過人，所以才會被詛咒。」

「換句話說，妳懷疑那間套房是凶宅？」

高槻如此確認後，奈奈子就一臉憂慮地點點頭。

「畢竟只剩這個可能性了呀。如果不是房間被詛咒，而是我自己被詛咒的話，在其他地方應該也會發生靈異現象吧！但所有異狀全都發生在那間套房裡。」

「但凶宅這種物件具有心理瑕疵問題，房仲有事先告知的義務。承租前房仲沒有解釋嗎？」

「對，完全沒有。可是我真的太在意了……所以就直接到當初辦理公寓承租的那家房仲詢問。」

因為當時負責的男業務員正好在場，奈奈子便將公寓套房發生的狀況告訴他，並詢問是不是凶宅。

房仲表示「那間套房不算是一般人所謂的凶宅」。

但房仲當時的態度有些奇怪，彷彿想要掩飾什麼，說起話來含糊其詞——至少奈奈子這麼認為。

看到房仲的態度，奈奈子的疑心更重了。

自己住的套房真的是凶宅吧。

畢竟都鬧鬼了耶。

過去她從來不相信世上有幽靈。

但這次發生在自己身上的事，也找不到其他可以解釋的說法了。她也試著去神社驅邪，還買了御守和神符放在家裡，但根本沒有效果。試著問房東後，反而被罵「拜託不要胡說八道」，甚至還說「要是傳出什麼奇怪的謠言，就給我搬出去」，但其實情況允許的話，奈奈子也很想搬家。雖然也想過尋求靈媒或祈禱師幫忙，卻又沒有管道可循，上網查也分不出是真是假，讓她非常害怕。

某一天，奈奈子聽職場的朋友提到高槻，聽說這位青和大學的副教授正在收集及調查各種怪異事件。

既然是大學老師，不但身分可靠，或許還能釐清奈奈子家裡到底出了什麼事。

奈奈子這麼想，便用抓住救命稻草的心情和高槻取得聯繫。

「拜託您了，老師，請幫幫我吧。我好像快要瘋掉了……」

說完，奈奈子向高槻低頭鞠躬。她那拚命又迫切的嗓音，讓咖啡廳的其他客人都一臉疑惑地看了過來。

看著奈奈子的反應，尚哉皺起眉頭。

但到目前為止，奈奈子說的每一句話都是真的。

她的聲音偶爾會怯弱地顫抖，卻沒有出現扭曲或刺耳的吱嘎聲。她方才所說的全都是真實發生的狀況。

所以——這難道就是真正的靈異現象嗎？

就在此時。

高槻開口說道：

「把頭抬起來吧，桂木小姐，我都明白了。」

高槻向奈奈子伸出右手，彷彿要與她握手。

奈奈子抬起頭後，便小心翼翼地搭上他的手。

結果高槻直接用雙手緊緊握住奈奈子的手。

「咦？請、請問……？」

奈奈子嚇得想把手抽回來。

但高槻依舊熱情無比地握著奈奈子的手，完全不肯放。

「桂木小姐——能與妳見上一面真是太棒了，這一定是命運的安排。」

「什麼……」

高槻將身子探出桌面盯著奈奈子的臉，用宛如愛的告白的嗓音輕聲說道。

奈奈子也看向高槻的臉，臉頰頓時染上一抹羞紅，看來她剛剛才發現面前的高槻長得比想像中還要俊美。先前本來因為不安與恐懼而泛起淚光的眼眸，此刻卻由於其他原因變得水汪汪的。

「桂木小姐，我可以把現在的心情告訴妳嗎？」

「咦？啊、什麼啦，我、還沒做好心理準備……您、您說吧……？」

「我實在太羨慕妳了。」

「……啊？」

奈奈子一臉呆愣地看著高槻，疑惑地歪起頭。她似乎知道剛才聽到了跟現場氣氛完全不搭的一句話，思緒卻跟不上。

高槻的身體又往奈奈子湊近了些。

「啊啊，我真的！打從心底羨慕妳啊！居然住在這麼完美的房子裡，我甚至希望現在就能代替妳住進去！是凶宅，又會鬧鬼，這個家在在刺激著我的求知欲和好奇心！桂木小姐，請務必讓我調查那間套房的靈異現象！對了，能先看看房間內部的狀況嗎？啊啊，好興奮啊，幽靈會不會現身呢！真令人期待！」

高槻將依舊握在手裡的奈奈子的手上下搖晃，用興奮的口吻這麼說。

奈奈子臉上原本帶著有些曖昧的笑容，此時逐漸染上困惑的色彩。尚哉心想，糟糕，她完全嚇呆了，周遭顧客的視線也讓人無比尷尬。他們在聊的話題本身就已經很可疑了，還說得這麼大聲。

尚哉覺得他這個常識擔當該登場了，便悄悄在高槻耳邊低語道：

「老師，冷靜點，太大聲了。」

「冷靜？我怎麼可能冷靜呢，深町同學！你沒聽到嗎？這個人家裡會鬧鬼耶！簡直棒呆了！」

不行，這個三十四歲的傢伙眼裡容不下其他東西了。尚哉覺得高槻越看越像以前養的黃金獵犬。簡直像極了看見心愛的玩具，就會雙眼發亮狂搖尾巴的狗。

「……老、老師，麻煩小聲點吧。其他客人都在看我們喔？而且你也該放開桂木小姐的手了吧。好了，快點，來，放手。」

「嗯？為什麼啊，深町同學！為什麼要放開這麼完美的女性的手呢？你這孩子真愛亂說話！」

本想用溫和的語氣安撫，尾巴卻還是毫不收斂地狂搖。這傢伙是散步途中跟人擦身而過就要激動討抱抱的狗嗎？由於越來越多旁人的視線集中在他們這一桌，心煩意亂的尚哉忍不住抓起高槻的手。

「──啊～真是的，給我聽話，快點放手！大家都在看！店裡還有很多客人，不准大聲嚷嚷！」

尚哉低聲罵了高槻幾句，完全忘記他是大學副教授。

這時，高槻才露出猛然回神的表情。

他急忙放開奈奈子的手坐回椅子上，小心翼翼地看向四周，發現其他客人好奇的視線後，才縮起肩膀。

「……對、對不起，深町同學，桂木小姐……」

高槻沮喪地這麼說，表情宛如被斥責的小狗。原來如此，如果沒有一個常識擔當陪著，後果真的不堪設想。

尚哉覺得自己該履行常識擔當的職責，便對垂頭喪氣的高槻說教起來。

「聽好了，老師。這件事讓桂木小姐非常苦惱，要調查可以，但實在不該用『興奮』或『期待』這種字眼。」

「……是，真對不起。」

「還有，你也老大不小了，不要大聲嚷嚷影響到別人，也不該這樣握住初次見面女性的手。而且為什麼總想隨隨便便握別人的手啊，你是歐美人喔！」

「對不起，但如果情況允許，我甚至想上前擁抱。」

「不可以，擁抱文化還沒有在日本扎根，會被當成色狼喔。」

「……如果是被高槻老師擁抱，其實我不介意。」

奈奈子悄聲說道。

「桂木小姐！怎麼連妳都在胡說八道啊，現在可不是搬出『人帥就好』這種理論的場合耶！」

「啊，是，非常抱歉……」

被尚哉念了一頓後，奈奈子也跟高槻一樣縮起肩膀。

尚哉心想，為什麼年紀最小的我在對兩個大人訓話啊？一想到今天後續的行程，尚哉不禁在心中抱頭苦思起來。前途多舛就是在形容這種狀況吧。

奈奈子居住的公寓，從車站徒步約十分鐘就能抵達。

公寓位處寧靜的住宅區，沒什麼特色，雖然外觀十分老舊，但實在不像鬼屋。雙層建築的公寓總共有六間套房，據奈奈子所說，其中有四間房已經租出去了。

奈奈子的家是二樓最裡面的套房，只有房間右側的牆面與隔壁房相連。順帶一提，最前面第一間套房的住戶是個男性上班族，租是租了，但他經常出差，所以總是不在家。

總而言之，兩人先請奈奈子帶他們看看房間內部。

「喔喔，很漂亮的房間呢。」

高槻環視房間一周後這麼說。走到這裡之前被尚哉訓斥的打擊似乎消失得無影無蹤，嗓音已經恢復以往的爽朗。

高槻說得沒錯，整間套房非常漂亮。跟老舊的外觀相比，內部裝潢顯然是近期才翻新的。地板是木造材質，壁紙也換新了。

「房仲說是老屋翻新，原本是榻榻米地板，牆壁好像也很老舊，最近才全部翻修得這麼漂亮……但這些話反而讓我起疑，為什麼非得全部重新翻修呢？啊，不，他們當然也是基於出租考量，但萬一是因為染上血漬的話……」

奈奈子這麼說。恐懼似乎會豐富人類的想像力。

「桂木小姐，妳是從這面牆聽到敲擊和指甲抓撓的聲音嗎？」

高槻指著牆壁問道。那面牆緊貼著床鋪。

「對，就是那裡。晚上一坐上床，就會聽到敲擊聲……最近待在床上時，都會戴著耳機聽音樂。」

「這樣啊。嗯嗯，這面牆確實很薄。」

高槻越過床鋪往牆面敲了敲，這麼說道。

隨後，高槻看向房間後方那扇通往陽臺的落地窗。

「是哪個區塊沾到手印？」

「大概是這附近……因為很噁心，當下就立刻擦掉了。啊，手印上沒有血漬，就是正常手掌按壓的痕跡。」

奈奈子指的地方正好位於臉部的高度，現在還殘留一點昨天下雨的痕跡。

高槻拉開落地窗，穿上擺在外面的拖鞋走向陽臺，尚哉也從窗邊眺望陽臺，卻沒看見什麼特別之處。奈奈子平常應該沒有在陽臺晾衣服吧，陽臺上空蕩蕩的，什麼也沒有，只有一片看似薄板的牆與隔壁房區隔。

「那棵是櫻花樹吧？春天可以在房裡賞櫻，感覺真不錯！」

高槻這麼說。有一棵種在隔壁庭院裡的樹緊鄰在陽臺外側。

聽到高槻這句話，奈奈子回以苦笑。

「是啊，剛搬來的時候，正好是賞櫻最佳時期。雖然真的很漂亮，但這棵樹實在太大了，有點影響採光……」

「啊啊，這倒是。但夏天就可以幫妳遮蔽日曬了，應該也不錯吧？而且枝枒幾乎都往這裡生長，就可以代替圍牆，不會被外面的人看到。」

「是啊……雖然不知道能不能在這裡住到夏天。」

奈奈子用消極的口吻低語道。

高槻勾起一抹微笑說：

「別擔心，就像剛剛說的，如果這個家真的會鬧鬼，就換我住在這裡，桂木小姐就去住我的公寓吧。假如不是真正的靈異現象——只要釐清原因，就不會再發生異狀了。」

接著，他們準備去隔壁套房看看情況。

房東的家似乎就在附近，不過不巧今天有事外出了。但奈奈子事前有知會這件事，所以他將隔壁房的鑰匙寄放在房仲業者那裡。

房仲業者的名稱是「三橋房屋」。當三人來到位於車站附近的店面時，正好沒有其他客人，坐在櫃臺裡的男性看到他們就站了起來。這名男性大概三十幾歲，雖然身形壯碩，長相卻十分和藹可親。

「您好，桂木小姐！我已經聽林田先生說過了，這邊請。」

男性身材明明如此魁梧，卻用有些尖細的嗓音這麼說。林田先生應該就是那棟公寓的房東吧。

這時，高槻比奈奈子早一步走向櫃臺，在男性面前的椅子入座。

男性瞪大雙眼看著高槻問：

「那個，請問您是……？」

「您好，敝姓高槻，我受桂木小姐委託調查她家裡的狀況。」

高槻露出友善的笑容，將名片遞給那名男性。

「大、大學的老師怎麼會……啊，不好意思，敝姓山口。桂木小姐承租那間套房時，就是由我負責仲介工作。」

男性——山口也拿出名片遞給高槻。

高槻面帶微笑地收下名片後。

「那麼山口先生，我就單刀直入地問了，那間套房或隔壁套房以前有死過人嗎？」

「高、高槻老師！」

聽到高槻太過單刀直入地發問，尚哉覺得自己這個常識擔當該介入了。要是因為他口無遮攔，害對方態度變差的話就糟了。

但不知為何，山口的表情忽然緊張起來，並將視線移向辦公室後方。那裡還有另一位似乎是負責行政工作的長髮女性，只見她一臉疑惑地看向這裡。

山口急忙站起身，抓起自己的包包。

「三浦小姐！我先出去一趟！有事就打手機！」

對後方的女性拋下這句話後，山口就催促三人盡快離開店面。

走著走著，山口無奈地嘆一大口氣。

「……您這樣讓我很為難耶，就算沒有其他客人在，但怎麼能在店裡問那種問題呢？那位行政小姐才剛進來不久，要是讓她產生誤解，四處散布奇怪的謠言，會影響到我的業績耶。」

「方才是我太失禮了。但看你的反應，應該對這件事有點頭緒吧？」

高槻這麼說，似乎不覺得自己有錯。

山口的態度的確有些古怪，讓人覺得他一定知道奈奈子家裡出了什麼問題。

奈奈子說：

「山口先生……雖然之前也問過一次，但你果然知道些什麼吧？如果是這樣，麻煩你告訴我吧，拜託了。」

山口有些猶豫地垂下視線，又嘆一口氣。

接著才低聲說道：

「不好意思，這裡人有點多，實在不方便談……到公寓那邊再說吧，鑰匙我帶在身上了。」

有問題的套房——奈奈子隔壁的套房確實是空屋。

完全沒有人在此居住的氣息，整間房空蕩蕩的。似乎會定期清掃，感覺不是很髒。房間格局跟奈奈子家一模一樣，看來這間房最近果然也翻新過了。

「……跟桂木小姐簽約時，我沒有告知這個物件有心理瑕疵問題。沒錯，事實就是如此——那間套房確實有問題。」

山口握著房間鑰匙，低頭看向地板，用低沉的嗓音這麼說。

奈奈子神情不安地環視著房內。

「所以，那個，難道……這間套房……？」

聽到奈奈子的疑問，山口輕輕點頭。

奈奈子頓時發出無聲的慘叫，緊緊抓住身旁高槻的手，尚哉也不由自主地看了房內一圈。雖然看不到幽靈，但聽到這間套房是凶宅後，就沒辦法心平氣和地待在這裡。

奈奈子依舊抓著高槻的手說道：

「為什麼簽約前不告訴我啊！太過分了吧！」

「桂木小姐，即便隔壁套房是凶宅，房仲也沒有義務告知。而且桂木小姐的家不算是凶宅，所以山口先生之前並沒有撒謊。」

高槻用冷靜的口吻這麼說。

奈奈子將一隻手垂下來，並向山口問道：

「是自殺嗎？還是他殺？」

「是……自殺。」

山口的聲音忽然扭曲變形了。

尚哉驚訝地看向山口。

山口的視線依舊落在地面上，繼續小聲嘀咕道：

「是一名年紀輕輕的女性，留著一頭長髮……好像被戀人甩掉了。所以就在門框上梁掛了繩子上吊自盡……」

山口指著門框上梁，但該處沒有任何痕跡。關於這一點，山口解釋是翻新時將門框上梁也一併換掉了，但解釋時的聲音還是極度扭曲。

「不過，這起事件已經超過四年，雖然時間不長，但後續還是有人承租過這間套房。所以我們早就不視為凶宅了。」

「是啊，一般來說，如果是兩年內發生過自殺案件，房仲就必須告知物件具有心理瑕疵。而且，雖然有義務向自殺案件發生後第一個承租的房客告知，但不必告知往後承租的房客。所以就房仲的立場來說，山口先生的處理方式沒有任何問題。」

高槻這麼說。

山口露出萬般歉疚的表情，對奈奈子鞠躬道歉。

「後續也做過驅邪儀式，但自殺案件發生後第一位承租的房客，也說周遭發生怪事，沒多久就搬走了……當時又做了一次驅邪儀式。以敝社的立場而言，也不方便再做更多處置。」

尚哉一手摀著耳朵心想，這是怎麼回事？

山口說的每一句話都是謊話，換句話說，根本沒有年輕的長髮女子在這間套房裡自殺。

可是既然如此——山口為什麼要說這種謊話呢？

而且，既然這間套房不是凶宅，奈奈子家裡發生的異狀又該做何解釋？

尚哉只能聽出對方在哪部分說了謊，無法分辨對方說謊的理由，或是用謊言隱藏的真相。

尚哉有些惱怒地瞪著山口。雖然很想揪住山口的衣領逼他說實話，卻沒辦法這麼做。畢竟坦承自己聽得出話中的謊言，也沒有人願意相信。

這時，他忽然感受到一股視線。

尚哉驚訝地轉頭一看，發現高槻不知為何盯著自己瞧。

尚哉一臉疑惑地看回去，高槻就若無其事地笑了起來。

「這樣啊，果然有女性在這間套房往生呢！那就可以認定桂木小姐家裡發生的怪異現象來自於這間套房吧！」

說完，他活力充沛地走向房間深處。奈奈子抓著高槻的手，所以也跟著一起走了過去。但可能是不想在有人自殺過的房裡到處走動，於是放開高槻的手留在原地。

「桂木小姐的房間是這面牆的位置吧？記得床就擺在這附近。妳說曾經聽到敲擊聲，是這種感覺嗎？」

高槻「叩叩叩」地敲了敲牆面。

奈奈子依然與高槻保持距離，點點頭說道：

「對，就是這種感覺，而且還連續聽到好幾次。」

「原來如此。後來還聽到指甲抓撓聲吧？嘰哩哩的聲音。」

說完，高槻就像貓一樣準備抓撓壁紙。

山口連忙上前阻止。

「等等，您別這樣！牆面受損的話，還得重新整理啊。」

「啊啊，不好意思，我也不可能真的抓啦。」

高槻回過頭說道。看來他還是有這點基本常識。

但高槻的下一句話卻讓人想不透。

「可是這面牆——已經受損了啊？」

「什麼？」

山口驚訝地張大嘴。

高槻對他們招招手。

「來，就是這裡，你來看看。」

被這麼一說，山口就走上前去，尚哉也同樣走向高槻。或許是不想單獨被留下吧，奈奈子也小心翼翼地跟在尚哉身後。

高槻指著的牆面，乍看之下並沒有傷痕。

「來，你們仔～細看。啊啊，透過光線稍微斜著看應該比較清楚吧？就是這裡，這裡。」

聽高槻這麼說，所有人都歪著頭看向牆面。

奈奈子小聲地發出驚呼。

經他這麼一說，牆上確實有淡淡的白色線條，是三條直線。與其說是損傷，看起來更像細微的凹陷。在壁紙上留下了長長的痕跡。

「這、這裡怎麼會……」

山口如此沉吟道。奈奈子則面露驚恐，這次抓住近在身邊的山口的手。

尚哉滿心疑惑地看著牆面的痕跡。既然「有一名女性在這間套房自殺」是山口編的謊話，那這個抓痕是誰留下來的呢？

奈奈子用顫抖的聲音說：

「可、可是不對啊！因為我聽到的抓撓聲非常大聲耶……？不可能只留下這麼淺的痕跡……還是由於真的是靈異現象，聽起來才會那麼大聲？」

「嗯，這不好說，但至少可以證明桂木小姐在家裡聽到的抓撓聲不是她的錯覺——情況變得越來越有趣了呢！」

高槻露出與現場氣氛格格不入的爽朗笑容這麼說。

只有你覺得有趣吧，在場除了高槻的所有人應該都這麼想，卻沒有人實際說出口。

隨後，高槻決定去附近打聽消息，想找出是否有人知道山口說的那個「自殺的年輕長髮女性」生前或死後的消息。

由於山口得回公司，高槻、尚哉和奈奈子三人就去向附近鄰居詢問。

奈奈子似乎不常跟鄰居打交道，除了房東林田以外，跟鄰居頂多只是在路上遇到會打招呼的程度，所以對到處跟鄰居打聽這件事有些猶豫，但高槻卻一點也不在乎。

「午安！方便跟您打聽一些事嗎？」

他會面帶微笑地靠近路上行人，如果人們願意搭理就會開啟話題。

不可思議的是，選擇冷漠離去的人並不多，或許該歸功於高槻俊俏的臉蛋和彬彬有禮的態度吧。尤其受到主婦們的歡迎，當在跟一個人打聽時，甚至還會有兩三個人湊過來。

「什麼？在那棟公寓往生的人？這個嘛……畢竟我最近才搬到這附近，既然是四年多前的案件，就不太清楚了。」

「對啊，我也是。」

「住在那棟公寓的大部分都是單身，白天會去公司上班的人吧？所以不太會跟我們打交道。」

公寓周邊全都是嶄新的住宅，一問之下，才知道是約莫三年前落成的新興住宅區。

尚哉抓住機會試著問道：

「會有居民以外的人出入那棟公寓嗎？」

但得到的回答卻不如預期。

「這個嘛……畢竟我對那棟公寓的人沒什麼印象。應該會有快遞或推銷員進出吧。」

都市的鄰里交情似乎都是這種感覺。尚哉也幾乎沒有跟現在居住公寓的鄰居說過話，長相也只有模糊的印象。就算附近發生案件，警方上門問話，他也沒把握能說出有用的證詞。

奈奈子並沒有說謊，也就是說，奈奈子聽到的敲擊聲和抓撓聲都是真實發生的事。隔壁套房的牆面留有指甲抓痕，也能證明這一點。

那現在的問題就是，那些抓痕是誰用什麼方式留下來的？那間套房平常有上鎖，不是任何人都能自由進出的狀態。

既然山口說的自殺案件是謊言，就代表一定是活人所為——思及此，尚哉腦海中又浮現另一個可能性。

可能不是「年輕女性自殺」，而是其他人以不同死法陳屍其中。此外，也不能排除那間套房真的有幽靈的可能性。

因為尚哉知道——沒辦法斷言這個世上絕對不存在幽靈。

「你問那棟公寓有沒有死過人？……當然有啊。」

在詢問過程中唯一提到公寓死者的人，是一名身形痀僂的老婆婆。

她似乎住在離公寓有段距離，感覺屋齡非常老舊的住宅裡。本人強調自己雖然彎腰駝背，但還沒有老人痴呆。

為了與她視線同高，高槻當場蹲下，用溫和有禮的語氣問道：

「那妳知道在那棟公寓往生的人嗎？」

「只是間接得知的啦。」

老婆婆用鼻子哼了一聲。

「不過，那棟公寓從二十幾年前就在了，雖然翻修很多次，卻只是把建築本體重新建造而已。蓋了這麼多年，怎麼可能沒死過人嘛。」

「所以是怎麼一回事呢？」

「每個地方都會死人嘛。」

聽了高槻的疑問，老婆婆再次用鼻子哼氣。

接著，她用手上的枴杖指著前方不遠處的住宅。

「十年前，住在那棟房子的老太婆死了，好像是心臟病發作。對面那棟房子的太太十二年前死了，印象中是從樓梯上摔下來。大概八年前，有個小孩在那條路上被車撞死了——聽好了，凶宅這種東西似乎讓大家怕得要死，但要我說的話，這個世界的哪塊土地沒有死過人。如果追溯到遠古時代，死於戰亂的人、橫死路邊的人，或是被野獸殺害的原始人，應該多到數不清了，我們所有人都住在曾經有人死亡的土地上。不對，不只是人類而已，若包含其他生物在內，那就到處都是屍體了。」

結果除了那個老太太之外，根本沒有問到那棟公寓死者的事情。

但奈奈子已經對山口那番話深信不疑，根本不需要向鄰里打聽消息。她似乎開始鑽牛角尖地想，隔壁套房有人自殺，但怎麼會跑來我家作祟呢？

高槻對早已嚇破膽的奈奈子提議道：

「不如這樣吧，桂木小姐——今天請把妳家借給我一個晚上。」

「什麼……？」

「今晚我會住在那間套房裡，要是出現靈異現象，那就可以確定了。再怎麼說，也不能和年輕女性在同一間房共度一晚，所以要請桂木小姐另外找地方過夜……但臨時找得到嗎？記得妳的老家滿遠的。還是問問朋友家？不好意思，或是找間飯店……」

「啊……呃，我問問朋友吧。」

奈奈子拿出手機開始撥打電話。

這時，高槻對尚哉說道：

「深町同學，你也可以先回去了。這一帶的路我全都記在腦袋裡，不會再迷路了。而且要對付幽靈的話，常識也不管用嘛。」

「……不，都已經陪你走到這一步，就讓我再陪你一晚吧。」

聽到尚哉的回答，高槻稍稍睜大雙眼。

「咦？真的可以嗎？」

「可以啊，我明天也沒事……叫我現在走人，反而會在意得不得了。」

尚哉也想知道，奈奈子家裡發生的怪現象究竟是什麼。

而且，如果山口的謊言跟這個現象有關——那讓高槻獨自處理，真有萬一的話或許很危險。比起單打獨鬥，兩個人能應對的狀況總是比較多。

隨後，高槻勾起一抹感覺更像黏人小狗的愉悅笑容。

「深町同學真的很體貼耶，不但陪我調查，還陪我一起過夜。」

「這算什麼體貼啊，只是覺得要幫就幫到底。」

「沒這回事。你明明可以中途放棄，卻沒有這麼做，所以深町同學真的很體貼嘛——好，待會就去為今晚的過夜同樂會買點晚餐和零食吧！全部由我買單，深町同學就買自己想吃的！」

「這不是過夜同樂會耶！而且幹嘛買零食，你這傢伙是多想玩啦！」

「咦～凡事都要樂在其中啊，這可是很重要的喔？」

高槻還是用樂得狂搖尾巴的小狗般的表情這麼說。這麼說來，尚哉發現自己一直對這位副教授沒大沒小的，本人卻絲毫不在意，那還是別想太多吧。

約好去朋友家過夜後，奈奈子先回房間簡單地收拾行李，高槻和尚哉也護送她到車站。

不知不覺間來到日暮時分，站前的馬路上擠滿看似下班或採買完準備回家的人。每個人都有家可歸，但誰能忍受家裡有來自幽靈或某種未知存在的威脅呢？

無論如何，如果今晚高槻和尚哉借宿能解決奈奈子家裡發生的怪異現象就好了——但真能這麼順利嗎？而且還有如果奈奈子不在家，就不會發生怪異現象的可能性。

這時，高槻忽然用力揮手大聲喊道：

「啊，山口先生～！你要回家啦～？」

尚哉循聲望去，確實在人來人往的另一頭看見了山口的臉。這裡人這麼多，真虧他能發現。山口也一臉驚訝地看向他們，往這裡走來。

「啊啊，剛才真是不好意思……之後有什麼發現嗎？」

「這個嘛，發現附近的太太們都很健談，個性也很善良呢。」

「啥？」

聽高槻這麼說，山口疑惑地歪著頭。

隨後，山口看向拿著大包包的奈奈子。

「桂木小姐，您要出門嗎？」

「啊，是啊……今晚要去朋友家住，換老師住在我家。」

「咦？高槻老師要在那間房住一晚嗎？」

山口一臉驚訝地問道。

高槻笑著點點頭。

「對啊，深町同學也會住下來！兩個男人要舉辦嗨翻天的過夜同樂會！」

「不對，就說不是過夜同樂會了！……老師跟我是想確認看看，桂木小姐以外的人待在那間房裡是否也會發生異狀。」

經過尚哉的說明，山口才恍然大悟地點點頭。

「兩位辛苦了，這也是大學研究的一環嗎？研究幽靈或凶宅……」

山口看著高槻的眼神，隱含著一絲看到怪胎的感覺。提到大學老師的印象，應該是要研究更正經的主題吧。尚哉以前也是這麼想的，直到遇上高槻。

高槻表現得毫不在意，再度笑著點點頭。

「這當然是研究的一環——對了，山口先生，你住附近嗎？」

「咦？是啊，沒錯……您還真了解。」

「因為你走在跟車站反方向的路上嘛。這樣正好，這附近有推薦的超市嗎？我們想去採買今晚的食材。」

「啊啊，那就沿著這條路繼續走，前面那間超市價格便宜，商品也很齊全……」

「這樣啊，謝謝你。」

高槻向山口道謝，臉上依舊掛著笑容。

奈奈子重新將包包拿好並說道：

「對了，之前山口先生有幫過我呢。」

「幫忙？怎麼了嗎？」

高槻這麼問，奈奈子便露出有些羞澀的表情。

「有一次在半夜聽到抓撓聲，實在撐不住就跑到外面去。我不敢回家，本想在超商待到早上，這時候山口先生碰巧進來……雖然很不好意思，但當時解釋了家裡的狀況，請他收留讓我避難。」

「請年輕女性來獨居男人的髒亂房間有點不妥，但也不忍心放她在超商待一整晚。不過，這點小事隨時都可以來找我幫忙啦。現在想想……真的覺得很抱歉，當初居然幫桂木小姐介紹了那間套房。」

山口一臉愧疚地這麼說，中間那段話卻忽然變形扭曲。

尚哉皺起眉頭。

也就是說，山口心中根本沒有一絲虧欠。難道是明知那間套房會發生怪事，還刻意介紹給奈奈子嗎——還是說……

這時，山口看著尚哉，彷彿慰勞他的辛苦般笑了笑。

「你也很辛苦呢。雖說是老師的助手，但你不怕幽靈嗎？」

「……還好，而且我懷疑今晚不會發生任何事。這樣一來，關於那間套房發生的事，好像也有點頭緒了。」

「咦？」

聽到尚哉的回答，山口稍稍睜大眼睛。

「是……是嗎？您怎麼會這麼想呢？」

「——怎麼說呢，就是有這種感覺。」

尚哉留下這句話後，山口就用有些可疑的表情盯著他。

這時，高槻從尚哉後方搭上他的肩。

「深町同學，你覺得今晚什麼事也不會發生嗎？拜託別說這麼掃興的話啦，如果那個家真的會發生可怕的事，我很想親身經歷看看耶！我還沒遇過真正的靈異現象，所以對今晚充滿期待，假如真的出現怪異現象，我甚至想為此寫篇論文，用學術性的方式向全世界公開耶！」

「哇……不愧是大學老師……真了不起。」

山口看著高槻的眼神，越來越像看到怪胎的感覺了。雖然聽出他一點都不覺得高槻很厲害，但關於這點尚哉也無可反駁。

將奈奈子送至車站後，兩人去了山口推薦的超市，發現確實物美價廉。

買完便當、熟食和瓶裝茶，高槻還想順手買點零食，被尚哉警告「就說不是來玩的」後，兩人便回到奈奈子居住的公寓。

吃完飯後，似乎就沒事可做了。

高槻告訴他「發生動靜之前就隨便待著」，於是尚哉從書包裡拿出文庫本。高槻則從自己的包包裡拿出筆電放在代替茶几的矮桌上，開始敲打鍵盤。雖然高槻樂呵呵地說這是「兩個男人的過夜同樂會」，實際上卻比想像中還要靜態許多。

期間尚哉看書看得有點膩了，便抬起頭來。

高槻還是繼續盯著筆電。

「怎麼了？有點厭煩了嗎？」

或許是留意到尚哉的視線，高槻停下敲打鍵盤的手，看著尚哉問道。

尚哉放下文庫本，重新坐直身體。
「對啊，有點。」
「嗯，這跟觀察野生動物一樣，在發生動靜前，基本上都只能枯等。畢竟不知道什麼時候會發生狀況，意外地需要耐心呢。」
高槻輕輕聳肩說道。
「啊，對了，深町同學，忘記問你了。」
「什麼事？」
「你一個人住嗎？」
「……是啊。」
尚哉點點頭。
高槻喃喃地說：「是嗎，太好了。」
「好什麼啊？」
「啊啊，如果你住在老家，有媽媽親手做的美味飯菜等你回家的話，會覺得有點不好意思。真是這樣的話，就該給深町同學家打個電話問候一下『不好意思，敝姓高槻，平時常受令郎照顧』。」
「……呃，沒必要問候吧。」
「不行啦，這種禮節絕對不能忘！——深町同學，你的老家在哪裡？」

被高槻接著一問，尚哉頓時啞口無言。

問及出身地是常有的事，高槻提問時應該也沒想太多。

也不能一直閉口不答，尚哉只好老實說道：

「在……橫濱。」

「橫濱？咦，可是深町同學，你是一個人住吧？」

可以想見高槻的疑惑，畢竟大學校區就在千代田區，完全可以從橫濱通勤上學。

「因為想早點離家，試試在外獨居的感覺。跟爸媽談過以後，他們才勉強同意。」

「哦，是嗎？」

高槻點點頭。

尚哉偷偷觀察高槻的臉色心想，他是不是覺得很奇怪？要是以為我家裡有問題，或是胡亂猜測，最後還擅自抱以同情，我可受不了。

但高槻只是溫柔一笑。

「這樣啊，那就跟我一樣呢。」

並說出這種話。

「咦……一樣？」

「因為我也是趁讀大學的機會開始在外獨居。雖然老家就在東京都內，大學也是，但跟深町同學一樣，很想早點體驗獨居的滋味。」

「原、原來如此。」

「嗯，對啊。」

高槻沒有再繼續說下去，而是再次敲起鍵盤，可能是在寫講義吧。所以尚哉也沒有繼續深究。

可是——這讓他有些意外。

從高槻平常總是面帶微笑，對任何人都十分和善的態度來看，覺得他是家庭風氣自由且幸福美滿，從小在大家的愛情之中長大的人。想早點離家這種念頭，感覺跟高槻給人的印象不太契合。不過或許只是嚮往獨居生活這種單純的理由罷了。

只是既然高槻沒有多說，尚哉覺得自己也不該多問。

深入過問對方的私事是禁止行為。要是主動過問對方的私事，對方可能也會對自己侵門踏戶。他必須堅守對方和自己之間的那條線。

尚哉心想，還是換個話題吧。

「老師。」

「嗯，怎麼了，深町同學？」

「……老師，你覺得這次真的是幽靈搞的鬼嗎？」

「嗯——不好說耶。」

高槻一邊敲打鍵盤一邊回答，給出的答案卻和預想的不太一樣。明明他在山口面前還說了「好期待幽靈搞鬼」這種話。

高槻繼續開口，細長手指在鍵盤上輕巧地躍動著。

「那個呀，深町同學。所謂的怪異現象，必須要有『現象』和『解釋』兩種元素才能成立。」

「『現象』和『解釋』？」

「沒錯，打個比方吧。深町同學，你知道打雷的原理嗎？」

話題忽然扯遠了。

「就算問我原理……打雷就是打雷啊。會發出轟隆隆的聲音，劈出閃電……的自然現象吧？」

「對。其實打雷的原理似乎還在研究中，有很多說法。現代人都弄不清楚了，對古代人來說更是未知的恐怖現象，他們可不覺得這只是普通的自然現象，所以想出了『雷神』這種形象。古代人將打雷的『現象』，『解釋』為天上有個背著環狀太鼓的鬼，轟出太鼓聲往地上打雷的神祕現象。平安時代有雷劈進皇居時，人們認為是以前被流放的菅原道真變成雷神在作祟。倘若沒有這些解釋，那就不存在作祟一說，而是單純的『落雷』現象罷了——換句話說，怪異源自於怪異，妖怪基本上都是人類想像出來的。」

「為什麼要故意做駭人的解釋呢？當作自然現象不要理會就好，何必刻意創造出神靈或妖怪的形象？」

「因為放著不管更可怕啊。人類對無法解釋的狀態充滿了恐懼。」

高槻繼續說：

「宗教不就是個很好的例子嗎。人為什麼會死？死了之後會到哪裡去？出生前又是什麼模樣？為這些未知的謎題賦予解釋讓人安心，也是宗教的工作之一。其他現象也是如此。看到打雷，比起莫名其妙心生恐懼，解釋為『那是天上的鬼在作怪』反倒讓人心安。既然是妖怪搞的鬼，或許就有迴避的方法。因為不想對恐懼的事物置之不理，人們才會編出故事，希望透過解釋定義這個世界，使世界進入自己理解的範疇。儘管多少帶了點非現實的色彩，還是比一無所知好得多。」

「是這樣嗎？……還是這只是高槻老師的『解釋』？」

「嗯，或許吧。畢竟學者的工作就是解釋嘛。」

高槻輕笑出聲，繼續說道：

「不過，大眾普遍對無法說明的狀況感到恐懼——深町同學，你看過《七夜怪談》這部恐怖片嗎？」

現在又聊起電影了。

高槻的話題總是跳來跳去。上課的時候也是這樣，從鎌倉時代的佛法弘揚聊到現代的週刊雜誌，自由奔放地隨意轉移。看來高槻對收錄在腦中的那些龐大知識一視同仁，並確實從中找出關聯性。

「……呃，是貞子從水井裡爬出來的那部片吧？我有看過第一部。」

「是嗎？好萊塢有翻拍過，你看過嗎？」

「啊～我只看過日本版。」

「這樣啊。有機會的話，建議兩部都看，試著比對一下，就能充分了解日本和美國對於恐怖的概念截然不同。從文化差異的角度來說，很有趣呢——如果問看過日本版和好萊塢版的人『覺得哪一部比較恐怖？』，大部分都會回答日本版。」

「這不是劇本和拍攝手法的問題嗎？」

「拍攝手法的確也是問題所在，畢竟光影和色調完全不同，好萊塢版沒有日本版那種陰鬱的藍白色調。但因為影像技術是好萊塢版略勝一籌，畫面的呈現感覺非常嚇人——不過，我覺得還是日本版的《七夜怪談》比較可怕，理由在於劇情編排。」

高槻說話的語氣就像在上課似的。只要收起幼稚的言行舉止，這個人就是個徹頭徹尾的「老師」更是「研究者」。

尚哉心想，真讓人猜不透。像孩子般興奮吵鬧、毫無常識可言的姿態，跟現在這種沉穩理性的研究者模樣，哪一個才是高槻的真面目？

高槻用柔和又悅耳的嗓音繼續解說：

「好萊塢版的《七夜怪談西洋篇》拍得非常細膩，將對應日本版貞子的角色薩瑪拉的故事背景描寫得相當仔細。以戲劇來說，我覺得相當精彩，甚至還對薩瑪拉感到同情。但日本版的《七夜怪談》沒有把貞子的身分交代清楚，正因如此，才會引發更深層的恐懼……不過觀影心得因人而異，還有很多覺得好萊塢版不恐怖的理由。比如有人覺得薩瑪拉爬出電視後的動作太靈活了，一點也不驚悚。」

說到「靈活」二字時，高槻還模仿那種感覺揮舞雙手，讓尚哉不禁笑了起來。

隨後，高槻再次看著尚哉說：

「人們對未知感到恐懼，所以才要添加理由進行解釋——深町同學，重要的是用何種解釋來描述現象，解釋時也務必要謹慎，畢竟拙劣的解釋會導致現象本身遭到曲解。」

「曲解……？」

「假設有個現象是『回家路上，有個長髮白衣女子站在黑暗之中』，某人將此解釋為「有個幽靈站在黑暗之中」，但真相其實只是一個長髮白衣的活人站在那裡。這個時候，解釋就會曲解現象本身，活人變成死人，整件事都走調了。」

對進行解釋的當事人來說，這應該不是謊言。在發現站在那裡的是個活人之前，「有個幽靈站在那裡」對他來說是當下發生的事實。

可是這種說法與現實有出入。

進行解釋後，現實——真實的確有可能遭到曲解。

「此外，還得留意另外一件事。」

高槻的手「啪答」一聲關上筆電螢幕。

他忽然揚起視線盯著牆面看。

那面與隔壁套房分界的牆。

「世上有些人為了將人們導向錯誤的解釋，刻意偽裝現象。這已經屬於犯罪，是為了欺瞞他人的謊言。」

聽到「謊言」這兩個字，尚哉差點做出反應。

為了掩飾尷尬，尚哉也循著高槻的視線看向牆面。聽說會傳來敲擊聲的牆壁，此刻仍靜悄悄的，一點氣息都沒有。

但高槻卻像是要看穿到另一頭似的，眼神緊盯著牆面不放。

「回到這次的事件吧。發生的現象是『空無一人的房間半夜傳出聲響』、『二樓陽臺窗外出現手印』、『房裡出現不是自己掉的頭髮』，而桂木小姐將其解釋為『靈異現象』。的確，以現象來說每件都很靈異，可是——不一定只有幽靈才能造成這些現象。」

聽到高槻這番話，尚哉心中產生懷疑。

難道高槻早就發現了嗎？

發現這個家發生怪事的真相，而非解釋。

「老師，那個……」

尚哉話才說到一半。

陽臺就傳來某種巨大的拍打聲響。

嚇得回頭朝那邊看去，但因為拉上了窗簾，看不見陽臺。

尚哉和高槻幾乎同時起身走向窗簾。

高槻用力將窗簾扯開。

「唔！」

尚哉頓時倒抽一口氣。

落地窗出現一個手印，還沾著溼溼黏黏，宛如血液般的鮮紅液體。

陽臺上空無一人，跟白天一樣空蕩蕩的。

但尚哉不顧鮮紅手印流淌而下的液體，直接拉開落地窗跑出陽臺。

接著，毫不猶豫地將手伸向與隔壁陽臺區隔的薄板。

果然沒錯，本該牢牢固定的隔板一下子就鬆脫了。

與此同時，他也發現隔壁陽臺似乎有人。聽見連忙衝回房間的腳步聲，以及關上落地窗的聲音。

沒錯，這根本不是幽靈搞的鬼。

是人類在作怪。

「站住！」

尚哉闖進隔壁陽臺，追趕逃逸的犯人。隔壁房沒有開燈一片昏暗，還是能勉強看到犯人準備打開玄關大門。糟糕，再這樣下去可能要逃掉了。

犯人打開大門衝了出去。

之後又聽到「別擋路！」這聲怒吼，應該是犯人的聲音吧。

尚哉大吃一驚，萬萬沒想到高槻已經從奈奈子家的玄關跑出去，等著逮住犯人。不對，再怎麼說都太勉強了，這種充滿教養又文質彬彬的人，怎麼可能擋得住呢？

正當尚哉連忙衝出玄關時。

「碰磅」的劇烈聲響，讓走廊地板都為之震盪。

啊啊，果然出事了。尚哉心懷懊惱地看著躺在地上男人的臉。

結果——他驚訝地瞪大雙眼。

躺在地上的並不是高槻。

身形壯碩，看似好好先生的長相。

是房仲業者山口先生。

另一頭的高槻，正面帶微笑地整理外套領口。

「老、老師……？你、你剛剛、做了什麼……？」

「做了什麼？過肩摔啊？」

「過肩摔！」

「這是跟阿健學的防身術。別看我這樣，我還滿強的喔！」

高槻挺起胸膛「欸嘿」地笑了笑。

雖然很想問「阿健是誰啊？」，但貌似住在樓下的人已經走上樓查看狀況了，尚哉便就此打住。

跟樓下住戶交代事情原委，並請他幫忙報警後，尚哉確認了倒地後的山口的狀況。山口似乎還有意識，但好像背部受到重擊，暫時無法動彈。

「房仲業者幹嘛對在自家公司承租物件的住戶裝神弄鬼啊……」

尚哉無奈地低頭看著山口，山口整張臉痛得皺成一團，心虛地撇開目光。算了，警方應該會查個水落石出吧。

高槻跟尚哉一樣低頭看著山口，開口說道：

「他大概對桂木小姐有意思吧。」

「什麼？」

尚哉疑惑地看向高槻。他實在無法理解故意嚇唬心上人的理由，這跟小學生故意欺負喜歡的人感覺不一樣吧。

「因為這個人住在附近吧。桂木小姐不是說過，有一次半夜逃到超商時遇見山口，被收留一晚嗎？那個時間點未免太過剛好了吧。」

「啊啊……所以老師當時就發現全都是這個人在搞鬼囉？」

回想起高槻白天的言行舉止，似乎刻意滿口幽靈幽靈的營造興奮吵鬧的感覺。但他平常就對怪異現象興致勃勃，實在分不清是有意還是真心——現在想想，那應該是在山口面前故意表演吧。

「不是那個時候發現的，是更早之前。正確來說，是我提到牆面上有抓痕時，這個人開始緊張不安的時候。」

聽高槻這麼說，山口臉上明顯出現詫異的模樣。

高槻露出有些壞心的笑，低頭看著山口。

「你本來無意破壞牆面吧？畢竟是房仲業者嘛，當然不想破壞商品，所以才會謹慎行事。不過……我猜是在牆面上放一張紙，在紙上用力抓撓吧？所以桂木小姐聽到的聲音雖然很大聲，壁紙卻沒有受損。但似乎還是太過用力，儘管隔著紙，依舊留下了淡淡的抓痕——可以侵入平常大門深鎖的房間，對牆壁又敲又刮的人，不是房東就是房仲業者嘛，所以才懷疑是山口先生在搞鬼。之前去房仲店面的時候，不是有個長髮女性嗎？我猜山口先生就是撿了她掉在地上的頭髮，放進桂木小姐家裡吧。山口先生當然拿得到桂木小姐家的鑰匙，也可以從陽臺來去自如。」

這麼說來，鄰居家的櫻花樹一路延伸到奈奈子家的陽臺前方。只要天色一暗就可以當成遮蔽物，在掩人耳目的狀況下隨意進出陽臺了。

「對了老師，剛剛的紅色手印呢？那又是怎麼來的？」

山口兩隻手都乾乾淨淨的，如果要留下那麼鮮紅的手印，一定得將雙手沾上墨水才行。

「那應該只是將事先用墨水沾上手印的紙，用力拍到落地窗上面而已，如果是我就會這麼做。畢竟脫手套也需要時間，不小心還會將墨水沾到手或衣服。只要仔細搜索下方的道路，應該就能找到那張證據的紙，雖然可能已經被風吹走了。」

山口的表情越來越像是都說中似的，視線不停游移。看來高槻說得沒錯。

「留下手印後，原本想在隔壁套房躲一會吧。但深町同學毫不畏懼地衝向隔壁陽臺，才驚慌失措拔腿就跑——那深町同學為什麼覺得這不是幽靈在作怪？」

「我……呃，就是隱約有這種感覺。」

「隱約？但你從一開始就對山口先生起疑了吧？」

這次換尚哉驚訝地看著高槻。

高槻微微彎下腰，湊到尚哉面前盯著他的臉說：

「大概是山口先生帶我們檢查隔壁套房的時候開始吧，總覺得深町同學看著山口先生的眼神有點奇怪，有時候還會瞪他幾眼……吶，你對這個人起疑的證據是什麼？」

太近了。這個人對於人與人之間的距離感似乎有根本上的問題。

但不知為何，尚哉的視線離不開高槻的眼眸。

高槻的眼睛又染上藍色。尚哉覺得在他的眼眸深處看見了彷彿會被吸進去的夜空，每一處都是深沉灰暗的藍色。

根本——移不開視線。

「吶，深町同學——回答我啊？」

「那是……那是因為，他那個時候說謊了。」

尚哉回過神才發現，他的舌頭居然毫無保留地對高槻說出這些話。

高槻眨了下眼睛，與此同時，他眼中的夜空色彩也消失無蹤，尚哉才忽然回到現實。

剛才自己似乎說出了不該說的話。

要是高槻追問「怎麼知道他在說謊」那就完蛋了，大事不妙。

「那、那個，我的興趣是觀察人類！觀察對方的態度和表現，就是，可以隱約看出端倪。就算問有什麼根據，我也不會形容，只是，呃……很常發現『這個人剛剛說謊了』。」

在被繼續追問之前，尚哉就急忙給出答案，拉起預防線。

老實說，他不認為這種藉口可以騙過對方，畢竟高槻也把對方的一舉一動看得很清楚。尚哉覺得自己白天的表現完全不符合剛才的描述。

「是嗎？觀察人類啊——你的觀察能力似乎真的很敏銳。居然能看出他人在說謊，我覺得很厲害。」

說完，高槻才終於不再彎腰盯著尚哉看。

回到以往的身高差距後，高槻再次低頭看著尚哉微微一笑。

「啊啊，真的很慶幸這次請深町同學當我的助手！不但有常識、會看地圖、觀察能力強、膽子還超大。多虧你毫不猶豫地從陽臺發動突擊，我才能像這樣逮到逃到走廊的山口先生。幹得好啊，深町同學。」

這時，遠方傳來警車的鳴笛聲。看來是接獲樓下住戶通報趕來的警察吧。

聽到這個聲音後，原本還倒在地上的山口似乎想微微撐起身子。

但高槻立刻用修長的腳踩住山口的肩膀。

「——山口先生，在警方到場拘捕之前，麻煩乖乖待著別動。不要起身、不要逃跑、不要吵鬧，可以嗎？」

「可、可以……」

看到高槻與臉上的爽朗笑容截然不同的冷酷態度，山口再度倒回地上。

見狀尚哉心想，真讓人猜不透。高槻到底是天真無邪的孩子，還是冷靜處事的大人呢？實在無法判斷。

幾天後，尚哉再度被叫到高槻的研究室。

前幾天高槻以打工名義雇用他時，尚哉就把手機號碼告訴高槻以便聯繫，看來此舉真是失算了。高槻居然一派輕鬆地說「下課後可以來研究室找我嗎？」直接把他叫了過去。

來到研究室後，尚哉聽高槻講述桂木奈奈子家裡發生的那起事件的來龍去脈。

在那之後，被警方逮捕的山口乖乖認罪了。

如高槻所說，山口對前來找房子的奈奈子萌生好感，故意把隔壁是空房的那間套房推薦給奈奈子。等奈奈子入住完畢安定下來後，就裝神弄鬼偷偷進出隔壁房間。似乎是想用這種方式嚇唬她，再在適當的時間點提供協助，若有機會的話，關係便可更進一步。

「……真、真搞不懂，怎麼會覺得這種方法可以騙到女孩子啊……」

尚哉不解地抱頭低吟，高槻則發出「啊哈哈」的笑聲。

「不過，說不定計畫滿順利的喔？其實桂木小姐半夜在超商被搭救時，對山口先生的印象就不差了的樣子。人類被逼到極限的時候，很容易屈服於他人的溫柔。」

「真的爛透了。」

「我也有同感。這種行為缺乏紳士風度，卑劣至極。」

如果沒有委託高槻調查此事，總有一天奈奈子會跟山口交往吧，根本不會發現一切都是山口的計謀。真是太恐怖了。

高槻一手拿起依然漂著棉花糖的熱可可，接著說道：

「桂木小姐果然還是決定搬出那棟公寓。因為找到了願意分房共租的朋友，似乎等找好新房子就會搬過去。」

「嗯，這樣也好。」

尚哉一手拿著大佛圖案的馬克杯，點頭同意道。

最後雖然沒有幽靈，卻有疑似跟蹤狂的房仲業者。在心情平復之前，還是先不要獨居比較好。

「啊啊，但是好無聊喔！結果這次也不是真正的靈異現象嘛。好可惜喔，還以為這次肯定沒錯……」

高槻這句遺憾至極的低語，尚哉應該要吐槽他「說話小心點」。

不過，尚哉已經不再受雇於高槻，不用擔任他的常識擔當了。

今天高槻把他叫過來，單純只是要告訴他事件的後續發展吧。感覺高槻在這方面有自己的原則。

喝完這杯咖啡後，就起身離開研究室吧。這樣一來，高槻和尚哉就回歸原本的立場，一個是站在講臺教課的老師，一個是在座位上聽課的學生。在這種距離下面對面，或許才是恰到好處。往後不會再被高槻近距離凝視，也不會像這樣一起喝飲料了吧。也要跟迷幻藝術風的大佛說再見了。

——尚哉原本是這麼想的。

「啊，不過，深町同學，其實我又收到了類似的諮詢。」

說完，高槻將筆電拉到手邊。

尚哉差點把嘴裡的咖啡噴出來，高槻則笑盈盈地讓他看郵件畫面。

「我想盡快去了解狀況，但深町同學什麼時候有空？」

「為……為什麼要問我的時間……？」

「深町同學，你之前不是說要打工嗎？」

「打工不是已經結束了嗎？應該只有一次吧！」

「我哪有說過僅只一次？」

高槻一臉驚訝地說。

尚哉忽然一陣頭暈。這麼說來，當時高槻壓根沒提到期限的事。這個人到底想雇用自己多久啊？

「就算這麼說，我也只想做一次而已。而且要打工的話，會去找其他更正常的工作。麻煩以後找其他學生吧，喝完這杯咖啡我就要走了。」

「咦？不要啦，我不想找其他人，就要深町同學！」

尚哉差點又把嘴裡的咖啡噴出來。

「……你是小孩喔！就不能用更穩重的語氣說話嗎？你是副教授吧！總能用更像學者的方式說話吧！」

「咦～你要我好好說話……我想想，『根據必要的適切性鑑定結果，認定深町同學是輔助我研究的不二人選』？」

「啊啊，不行，就算重新改口，內容也完全不行！我先把話說清楚，有常識又會看地圖的學生多得是吧！」

「可是其他學生沒辦法像深町同學這樣啊？——我需要的是你鑑別謊言的能力。」

尚哉一時說不上話。早知道當初不要胡言亂語就好了。

他低頭往馬克杯內一看，發現咖啡還剩三分之二左右。本想乾脆一口氣喝完趕快起身離開，但要是喝進嘴裡後聽到高槻又開始胡說八道，這次一定會噴出來。

——高槻說，他需要尚哉鑑別謊言的能力。

這個人為何能泰然自若地說出這種話呢？

「……你不覺得我很噁心嗎？」

尚哉將這個問題脫口而出。

「什麼？怎麼會噁心呢？」

高槻疑惑地歪著頭，看起來好像JVC音響的招牌勝利狗。

「因為一般來說……只要說出我能鑑別謊言，大家都說很噁心。不過最根本的問題是根本沒人相信。」

「不管信不信，我都實際目睹了深町同學鑑別謊言的能力啊。我覺得你的觀察能力非常優秀。」

高槻這麼說，臉上還是一如既往的笑容。

尚哉心想，說到觀察能力，高槻應該比我優秀太多了吧。處理奈奈子家發生的怪事時，高槻在途中就看穿所有真相。

但高槻的聲音絲毫不見扭曲，尚哉也明白他的每一句話都是發自真心。

這個人是真的想把尚哉留在身邊。

「我不想讓你離開，希望以後也能繼續幫我。」

高槻用舒適悅耳、極度真誠的嗓音這麼說。

爽朗的笑容像極了蔚藍的青空，萬里無雲，陽光明媚。

……明明眼眸深處藏著那片夜空呢。

尚哉心底忽然湧現一股衝動，想將自己的隱情毫無保留地告訴高槻。

比如那個深夜祭典的事，還有耳朵的能力。如果向高槻坦承所有事，這個人會露出什麼樣的表情呢？

他會像平常那樣雙眼充滿光芒地說「感覺很有意思」嗎？

還是會深表同情地說「真是辛苦你了」？

還是——會幫他釐清真相，就像替奈奈子解決家裡的怪異現象那樣？

……怎麼這麼傻啊，還是算了吧。自己打消這個念頭後，尚哉深深地嘆口氣。

不能說，也不該說。

因為這麼做就越線了。

在高槻和自己之間拉起的，那條不得再往前進入的線。

但如果高槻刻意接近線的邊緣，朝這邊伸出手的話——尚哉覺得，或許可以在不越線的範圍內陪他玩玩。

高槻這號人物就是這麼有趣。

「……知道了，我會繼續打工。」

「真的嗎！」

高槻眼中的光芒更閃亮了。見狀尚哉心想，真拿他沒辦法。

他真的跟以前老家養的黃金獵犬太像了。那隻狗的名字叫里歐。高槻的表情就跟聽到要去散步時的里歐完全一樣。尚哉每次看到那個表情，總是會舉手投降。

第二章　吐出針的女孩

大學的暑假十分漫長。

畢竟有整整兩個月。有些學生會去打工、旅行或集訓，忙碌地度過這兩個月，但對與這些活動無緣的學生來說，甚至到有點百無聊賴的程度。

比如深町尚哉這種學生。

「好～熱～喔……」

尚哉在西神田承租的套房公寓地板上翻了個身，拿著團扇「啪沙啪沙」地對自己搧風，用呆滯的聲音低喃著。

蟬在外頭大合唱著，氣勢極其驚人，讓人訝異在東京都內也有這麼多蟬。灑落而下的陽光火辣辣地燒著柏油路面，天氣預報每天都在報導「破記錄的高溫」。為了節省電費，尚哉盡可能不開家裡的冷氣，打算白天窩在圖書館，但外面熱成這樣，光是出門就得做好必死的決心了。唯獨這種時候才會認真地思考，地球暖化的確是相當嚴重的問題。

暑假開始至今大概過了一個月，換句話說，還剩一個月，這種生活還要繼續下去。如果要上課就非得走出房間不可，但要是沒什麼事，連家門也不想踏出去。

這時，放在地上的手機震動起來。

他收到一則來自外文課群組的LINE訊息。

喂～有沒有人想去海邊啊？我朋友在江之島的海之家打工，叫我過去找他，還會算便宜一點。

在大學的課程中，外文課是唯一最像高中上課氣氛的課程。因為是必修課，蹺課的人相對也較少，上課方式也跟過去的英文課沒什麼差別。

或許是因為這樣，才會隱約產生「同班同學」的概念吧。修同一堂外文課的人經常會結伴出遊，也常揪團喝酒。之所以會刻意建一個LINE群組，也是這個原因吧。

看著螢幕好一會，群組內陸陸續續對最先發聲的人回覆訊息或貼圖——**我要去、抱歉我不行、當然要去啊、得再瘦兩公斤不然穿不下泳裝了。**

看著氣氛熱烈不停跳出訊息的對話框，尚哉也默默送出自己的回覆。

抱歉我沒錢，就不跟了。之後記得上傳照片喔，我也想分一點夏日的回憶。

——拒絕邀約的時候必須小心謹慎。

要是一口回絕，會壞了對方的興致，還會被當成難相處的人遭到孤立。必須要簡單地道個歉，搬出讓人覺得「那就沒辦法了」的理由，再補上「其實真的很想去」這種感覺的說法……雖然不太喜歡自己充滿算計的行為，但這也是在過去人生中學會的處世之道。

看到對方立刻回覆「OK」的貼圖後，尚哉輕輕嘆口氣。

他茫然地想著，海邊啊。

已經好久沒去了。外文課的同學都是活潑善良的人，一定會玩得很開心吧。在海灘上光腳奔跑，驚呼連連地踩在熱燙的沙子上，就這麼衝進海裡游泳。游到心滿意足後，去海之家吃一碗拉麵，說不定還會玩打西瓜或沙灘排球。

尚哉心想一定很好玩吧，並閉上眼睛。不能有好想去的念頭，那些都是線外側的事。

話雖如此，說到尚哉這個夏天的行程，只有幫中小學生批改作業和修改作文的打工而已。這是遠距教學補習班的外包工作，在家裡或圖書館都可以隨意登錄。他也沒有旅遊計畫，獨自出遊不僅麻煩，實際上也沒這麼多錢。頂多只想趁休假期間去看幾部有興趣的電影。一直閒得發慌，連自己都覺得空虛的地步。

他心想，要是暑假一晃眼就結束該有多好。

這時，手機又震動起來。

如果只是訊息，尚哉決定先放著不管，但手機卻一直震個不停，看來是有人打電話來。

他伸手拿起手機一看，螢幕上顯示的是高槻的名字。

尚哉頓時心生猶豫，卻還是放棄抵抗接起電話。

「……喂，你好。」

『啊，深町同學，你好，每天都好熱喔！有時間的話，要不要一起去看幽靈啊？』

手機傳出悅耳的嗓音。

但感覺說的這句話，前半段跟後半段完全沒有邏輯。最後一次見到高槻，是在暑假前最後一堂課上。在那之後已經一個月了，就好的意義和不好的意義來說，高槻似乎沒什麼變。

尚哉有些錯愕地將一隻手輕輕放上頭額。這話在高槻的腦袋裡應該充滿邏輯，但尚哉這等凡人還是需要將資訊補足。

「……那個，是在說打工的事嗎？難不成又接到跟幽靈有關的調查委託了？」

『不，不是打工啦，只是單純想找你去看幽靈而已。很好玩喔？』

這人都已經老大不小了，邀人的口氣卻還是這麼幼稚。

不過，「去看幽靈」究竟是什麼意思？

『咦？深町同學，難道因為正值暑假，你回老家去了？還是跟朋友或女友去海邊、水上樂園或旅行，正在享受夏日時光把自己曬成古銅色？如果是這樣的話，那我跟你道個歉，應該來不了吧？』

「我沒有回老家，沒有朋友沒有女友，也不喜歡夏天，所以沒在享受，也不打算享受。」

『……抱歉，我是不是問了不該問的事？』

會擔心是不是傷了對方的心，看來這點常識還是有的。

尚哉又輕輕嘆口氣，將身子轉向另一側，從已經被自己的體溫溫熱過的地板，轉移到稍遠處還沒變熱的地板上。

「去看幽靈，到底是什麼意思？是探索廢墟，還是半夜潛入廢棄醫院試膽？那樣感覺滿涼快的，應該不錯。」

『啊，沒有，行程是在白天，不是要去那種地方。要去看幽靈畫。』

「幽靈畫？」

『沒錯，畫在圖紙上的幽靈。每年只有這段時期看得到喔！』

電話另一頭傳來高槻興奮的嗓音。

尚哉在地板上翻了個身，不知怎地，竟對他隨時都能如此雀躍的性格有些羨慕。

高槻邀請尚哉去的，是名為「谷中圓朝祭」的活動。

在谷中的全生庵寺廟中，會對外展出三遊亭圓朝這個人過去收藏的幽靈畫，展期是整個八月。

三遊亭圓朝是活躍於幕末至明治年間的落語家，代表作為《怪談牡丹燈籠》和《真景累之淵》。在高槻介紹後，尚哉也去圖書館翻閱，風格非常驚悚。印象中的落語大部分都是喜劇題材，但圓朝擅長的反而是接近說書的人情冷暖題材和怪談題材。

雖然沒辦法答應跟同學一起去海邊玩的行程，高槻的邀約卻讓他有些心動。每年只有這個時期才看得到的畫感覺也很有意思，最重要的是，尚哉也覺得人不能整個夏天都窩在家裡不出門。

所以，尚哉在八月下旬的某一天前往日暮里站。

雖然是第一次去日暮里站，但車站本身相當氣派，不但站內有商業設施進駐，人潮也很多。他跟高槻約在北口碰面。聽著塞進兩隻耳朵的耳機傳來的音樂，從包包裡拿出suica準備通過票閘口時——尚哉卻忍不住停下腳步。

高槻就站在票閘口對面的牆邊。

明明是暑假期間，高槻今天還是一身西裝。他原本就是身材高挑的人，又是這身裝扮，跟周圍充滿暑假氣息的人潮比起來相當顯眼。但問題不在這裡。

高槻身旁還有另一名男性。

乍看之下的第一印象是「好魁梧」。

首先他比高槻還要高，而且遠遠就能看出體格高壯又結實，從短袖上衣露出的手臂充滿肌肉線條。此外，最關鍵的特徵就是男人甚至戴著墨鏡。說白一點，感覺超級恐怖。

那個男人正在跟高槻說話。高槻雖然像平常那樣笑嘻嘻的，但不管怎麼看都像是被纏上了。怎麼辦？是不是該報警？

尚哉才這麼想，高槻的視線就轉了過來，面帶笑容地對他招手。尚哉迫於無奈，只好通過票閘口往兩人走去。

「嗨，深町同學！謝謝你來赴約，今天也很熱耶。」

「……老師，我才想問你不熱嗎？居然穿這種西裝，甚至還穿了外套。」

「因為我是紳士呀！紳士在外人面前一定要西裝革履。而且這是夏季用的輕薄衣料，其實不會很熱啦。」

高槻笑著這麼說，確實也沒有流很多汗的模樣。看來是不怕熱的體質吧。

剛才那位長相凶惡的墨鏡男，默默地聽著尚哉和高槻的對話。看他沒有離開，可見是跟著高槻來的吧。雖然高槻說可能會有幾個研究室的研究生一起來，但這個男人怎麼看都不像研究生啊。

「對了，還沒介紹吧！深町同學，這位是阿健喔！」

留意到尚哉的視線後，高槻才笑容滿面地替他介紹，但忽然聽到「阿健」二字，也不知該做何反應。難不成要我也喊他「阿健」嗎？怎麼可能啊？

思及此，尚哉才發現之前聽過「阿健」這個名字。

對了，好像是教高槻防身術的那個人吧。

長相凶狠的男人開口道：

「……你是彰良的學生嗎？」

他用有些低沉粗啞的嗓音這麼說，尚哉也急忙出聲問候：

「我是青和大學一年級的深町。」

「……我是佐佐倉健司。跟彰良是老朋友了。」

說話的同時，長相凶狠男——佐佐倉摘下墨鏡。

整張臉感覺銳利十足，不管是俐落筆直的眉毛，還是略微細長的眼睛，邊角線條都非常銳利。無論有沒有墨鏡，整體印象都沒有太大差別。雖然五官本身滿好看的，但眼神實在太凶狠了，感覺很嚇人。

高槻笑咪咪地指著這個長得凶巴巴的男人說道：

「我老家跟阿健住很近，從小就是朋友了。今天碰巧都休假，就約他一起來了。不好意思，沒有事先告訴你。不過阿健的長相雖然恐怖，但不是壞人喔？畢竟是刑警嘛！」

「……彰良，『長相恐怖』這句話就不必了。」

「啊，對不起。呃，那改成『存在很恐怖』？」

「感覺更糟。」

佐佐倉用凶狠的眼神瞪高槻一眼，高槻卻無所畏懼地笑了起來，看來這是他們平常的相處模式。但尚哉完全沒想到佐佐倉是刑警，真要說的話，感覺更像黑社會的人。總而言之，幸虧剛才沒有報警。

這時，高槻往尚哉身後看去，並揮揮手說「這裡這裡」。看來是今天也會參與行程的成員到了。

「對不起，我遲到了！」

邊說邊跑過來的，是一名身穿涼爽水藍色洋裝的女性，一頭長髮隨風搖曳，是個體型纖瘦的美人。應該是高槻說會來的研究生之一吧。

「沒事，只是大家比較早到而已，現在正好是集合時間，而且唯同學也還沒到。廣澤同學說他打工要幫忙代班，沒辦法來。」

「啊，唯有打電話給我說今天也不能來！她在家附近的祭典攤販買的巧克力香蕉好像壞掉了，害她狂拉肚子。」

「太慘了吧。晚點寄信關心一下好了。」

「啊，不行不行！她交代不能跟彰良老師說！因為拉肚子太丟臉了……雖然已經說了啦，討厭。」

「嗯，妳說了。那我就用『聽說妳不太舒服，還好嗎？』這種委婉的方式問問好了。」

「好，拜託你了！她是彰良老師的粉絲，甚至還說『要是被彰良老師看到我拉肚子，就要切腹自殺！』的程度。」

她雙手合十如此請求。對女性來說，如果被喜歡的老師知道拉肚子，應該會覺得有點丟臉吧。

這時，她將視線轉向尚哉。

「唉呀～！你是之前來過研究室的學生嗎？是不是叫深町同學？好久不見！」

被用這麼活潑的語氣搭話，尚哉頓時愣在原地，印象中沒跟這位女性見過面。他什麼時候見過這種大美女？

「啊，你不記得啦？因為今天沒戴眼鏡，改戴隱形眼鏡，才看不出來吧。喏，是我啦，生方瑠衣子。沒印象了嗎？」

女性——瑠衣子指著自己的臉這麼說。

尚哉連忙搜尋腦中的記憶，才終於回想起來，差點發出驚呼聲。

沒錯，的確見過。原來是初訪高槻研究室時睡在地上的那個女生。當時她臉上壓出地板接縫的痕跡，頭髮亂糟糟的，眼鏡還戴得歪七扭八，跟現在帶著精緻妝容的模樣完全連接不上。

「深町同學，我懂你的心情。瑠衣子同學雖然是個美人胚子，平常卻是那副鬼樣子……」

「哇，女孩子真的很厲害……」

高槻悄聲這麼說，尚哉也微微點頭。這已經是脫胎換骨的程度了吧。

「不過，學姐的記憶力也很好呢。當時妳睡得迷迷糊糊，而且一下子就走了，見面的時間應該很短……」

「啊～雖然不像彰良老師那麼強，但我很擅長記住別人的臉喔。畢竟在補習班當講師打工嘛，首要之務就是把班上學生的臉和名字對起來。」

瑠衣子這麼說。她似乎在兩間國高中補習班兼職，為了和學生進行交流，就必須認得所有學生才行。

今天同行的成員應該都到齊了。覺得差不多該出發，大家便往目的地走去。

「對了老師，這一帶的路你有辦法走嗎？會不會迷路。」

「啊啊，別擔心，已經來過谷中好幾次了，路全都記在腦子裡——好，機會難得，就從谷中靈園穿過去吧。」

高槻說得意氣風發，走出西口後立刻轉向左邊的小樓梯，往上走似乎就能進入谷中靈園。

不過，所謂的靈園就是墓地，為什麼非要刻意從這種地方穿過去呢？是想試膽嗎？

走在一旁的瑠衣子注意到尚哉的表情，開口說道：

「深町同學，你不太知道谷中靈園吧？這裡其實是觀光景點喔。」

「是嗎？明明是墓地耶？」

「是呀，外國觀光客特別喜歡來呢，因為有很多名人都葬在這裡。最有名的就是德川慶喜公的墓了吧~還有畫家橫山大觀。喏，日本人去國外旅行時，也會去參觀地下墓穴，或是知名帝王和作家的墓地吧，大概是這種感覺啦——來，給你防蚊液，這裡蚊子很多，先噴一下比較好。」

瑠衣子從隨身包包裡拿出一小罐噴霧，真是準備周全。

「謝謝妳，生方學姐。」

「叫我瑠衣子學姐就好，你就這樣叫吧。因為大家都叫我瑠衣子。」

瑠衣子這麼說，並把尚哉用過的噴霧拿給高槻和佐佐倉使用。

走進靈園後，感覺比外頭涼爽一些，可能是由於樹林茂密，或是想到身在墓地就不由自主涼了起來。雖然也有名人的墓碑，但放眼望去，幾乎都是寫著「○○家之墓」的普通墓碑。

「順帶一提，這裡也是東京都內的知名靈異景點，最好小心一點。」

瑠衣子與尚哉並肩走過墓碑之間的通道，並發出「呵呵呵」的詭異笑聲。

「比如有半透明的人影穿過去，或是聽到怪聲等等，都是這種老掉牙的怪談，沒什麼獨特性，所以也不清楚是真是假啦~」

「都是老掉牙的怪談，就表示有可能是虛構的?」

「對呀，基本上都是——你想想，故事不是會口耳相傳嗎?在某個地方流傳的怪談，經常也會在其他類似的地方落地生根，學校七大不可思議就是很好的例子。

半夜就會動起來的人體模型、流血的蒙娜麗莎、廁所的花子、十三級階梯，每間學校的七大不可思議都很相似對吧，都不知道全國到底有幾位廁所的花子了。這也是建立在『學校』這個共通點上，原本在外地流傳的故事落地生根的例子。」

不愧是研究生，只要一開口，就有點在聽課的感覺。瑠衣子的嗓音活潑，口齒清晰，聽起來相當舒服。

尚哉接著問道：

「瑠衣子學姐，妳在研究什麼呢？」

「我的研究主題是將都市傳說和謠言分門別類。比如『當地發源的故事衍生』、『從外地流傳進來的故事』、『相對近期創作的故事』，不是依據故事內容，而是從成因和出現時期進行分類，所以我也常看網路上那些怪談。從網路論壇或推特發跡的怪談，大多屬於『相對近期創造的故事』。」

瑠衣子答道。

「創作……換句話說，就是杜撰嗎？」

「對，某些人隨意編造的虛假故事。」

聽到「虛假」二字，尚哉不禁蹙緊眉頭，疑惑地歪著頭問：

「那種虛假的故事也可以拿來研究嗎？」

「可以呀～還滿有趣的喔。你想想，鼎鼎大名的尼斯湖水怪照片，後來也證實是假的啊。」

「啊啊，是那個……『外科醫生照片』嗎？」

說到尼斯湖水怪，大概是全世界最有名的未確認生物體了，是在英國尼斯湖被目擊，外形如蛇頸龍的一種生物。目擊案例也很多，其中最有名的是人稱「外科醫生照片」的照片，但後來被認定為造假。這個消息應該讓全世界的人都很失望吧。

「雖然是造假的，但因為那張照片變得太有名了，讓全世界的人都相信尼斯湖真的有水怪。簡單的謊言可以變成如此龐大的話題，也算是傳說級現象了，非常值得研究。而且不能否定的是，每一則傳說在流傳的初始階段，可能都只是虛構的題材罷了。」

瑠衣子繼續說道：

「面對虛假或編撰的題材時，必須要思考這些故事誕生的原因，以及為何會廣為流傳。或許只是單純的笑話，現代的話可能是想要得到很多『讚』數，也可能是想讓別人知道自己創作的故事。可是，只要沒達到足以流傳世間的條件，就沒辦法廣為流傳。理由和條件是缺一不可的重要因素——這就是我研究的內容。怎麼樣，是不是很有趣啊！」

瑠衣子揚起一邊嘴角，有些得意地笑了笑。

眼神充滿光芒，愉悅地講述自己有興趣的主題的瑠衣子，看起來跟高槻一模一樣。雖然她還不算是正式的學者，但繼續精進研究的話，總有一天會成為真正的學者吧。

「……這種題材確實很有趣。」

「對吧——欸，深町同學，你的主修也是民俗學吧？有沒有想研究的主題？」

「咦？呃，我還沒決定要主修哪一方面。」

「是嗎？因為你老是黏著彰良老師，還以為已經決定加入他的研究小組了。」

「我才沒有黏著他呢！是他單方面黏著我吧！」

「……這種說法感覺很可疑耶。」

「哪有！可疑是什麼意思啊！」

「唔呵呵～就是可疑嘛！欸～彰良老師～到底是怎麼回事呀～？」

瑠衣子笑得樂不可支，開口對高槻問道。高槻一臉驚訝地轉頭看她，就這麼與她並肩同行。仔細一聽，兩人的聊天內容似乎變成瑠衣子研究的事情，尚哉才總算放下心中大石。有時候真搞不懂女人的思維。

這時尚哉忽然感受到一股視線。抬頭一看，發現佐佐倉低頭看著他。

剛才是佐佐倉走在高槻身邊，但瑠衣子把高槻搶走，佐佐倉才轉而來到尚哉身旁。

佐佐倉開口道：

「喂，同學。」

「……我叫深町。」

「深町，你也對都市傳說、幽靈和妖怪感興趣嗎？」

佐佐倉這麼問。

跟尚哉說話時，他可能有留意說話的語氣，但聲音實在太有魄力了，尚哉有種被訊問的錯覺。

「我對那些沒那麼有興趣，但覺得老師的課滿有趣的。」

尚哉這麼說，佐佐倉就直瞪著他看。視線的壓迫感也是不容小覷。

「……那個，不用這麼害怕，不是在瞪你，我本來就長這樣。」

「辛苦你了。」

「不准同情我。」

這次好像真的被罵了。

瑠衣子和高槻在尚哉他們後頭聊得不亦樂乎。旁人看了可能會以為是俊男美女在約會，但仔細聽他們的對話內容，卻是「扭來扭去」或「取子箱」這種恐怖的都市傳說。算了，他們開心就好。

這時，佐佐倉忽然往右轉，走進墓碑之間的小路。

尚哉心想，為什麼忽然轉彎？但還是乖乖跟在後面走，結果佐佐倉又立刻往左轉。

他的行進方向跟原本一模一樣，只隔了一條路。

尚哉猜測原本那條路上可能有什麼東西，於是往該處看去。

這麼一看，就明白了。

有幾隻烏鴉聚集在剛才走的那條路前方，用又黑又大的鳥喙啄著地面，可能有食物掉在地上吧。

他是為了高槻才改道的。

因為高槻怕鳥。

「——老師從以前就是那樣嗎？」

尚哉對佐佐倉問道。

佐佐倉再度盯著尚哉看。

尚哉極力壓抑恐懼看了回去，佐佐倉便嘆一口氣。

「……你知道彰良怕鳥啊？」

「在學校的時候看過一次，當時有幾隻鴿子飛過身邊，結果老師差點腿軟。」

「……他小時候還不會怕，小學時還養過文鳥。中途才變成那樣的。」

佐佐倉壓低音量，用不會被後面兩人聽到的聲音說。

「是什麼原因變成那樣的？」

「——你問這個做什麼？」

被反問後，尚哉頓時嚇得啞口無言。

他用銳利的視線低頭看著尚哉。

「這個世界上，有些事可以單純基於好奇心提問，有些不行。這點道理你應該明白吧？就此打住吧，聽了也不會開心。」

尚哉聽出這個低沉的嗓音拉起了線。

和尚哉經常拉起的那種禁止進入的線一樣，表示不得過問隱私。

佐佐倉的嗓音簡直就像木刀，筆直且堅韌，雖然沒有刀刃那種金屬的感覺，卻帶著幾分沉穩。聽著他的聲音，尚哉心想，啊啊，這個人真的很重視高槻。這把木刀此時此刻，也為了守護高槻而高舉著。

不過，佐佐倉的聲調忽然又變了。

「……話雖如此，彰良似乎很喜歡你呢。」

聲音彷彿參雜一絲苦笑，聽起來有些無奈，就像老是對年幼小弟顧前顧後的大哥一樣。但他應該跟高槻同年吧。

「我想短時間內，那小子應該會繼續纏著你吧，那他之後可能真的會在你面前昏倒，所以先把這個交給你。」

佐佐倉拿出名片交給尚哉。看到名片上印著「警視廳」三個字，尚哉不禁嚇了一跳，而且還是「刑事部搜查一課」這種平常只會在電視劇看到的單位。

「後面寫了我的手機號碼。」

尚哉聞言將名片翻過來，發現背面手寫了一組電話號碼。

「遇到困難隨時打給我。」

「困難……？」

「要是彰良昏倒了，你一個人應該搬不動吧？而且——你在他身邊有一段時間了，應該知道那傢伙感興趣的東西基本上不太正常，思維模式也有點奇怪。一般人不敢造訪的情況，他可能也會若無其事地闖進去。」

佐佐倉繼續說道：

「如果覺得沒辦法繼續奉陪下去，還是早點走人吧，這樣也是為了你好。但假如還願意留在他身邊一陣子……以後有事就來找我商量，知道嗎？」

「喔……我知道了。」

看著那組手寫號碼，尚哉才驚覺一件事。

之前高槻說過「他周遭很多親切熱心的人」。

想必佐佐倉就是其中一人吧。

雖然長相凶狠，但確實是個心地善良的人——不僅對高槻溫柔，甚至還在乎尚哉的感受。

走了一會，一行人便來到大路上。

話雖如此，兩側依然是墓地，看來這座靈園占地廣闊，還有牌子標示名人的墓碑所在處。就像瑠衣子所說，雖然也有來掃墓的人，但沿路上確實遇見很多看似外國觀光客的人。對他們來說，日本的墓地應該很稀奇吧，只見他們一手拿著導覽手冊和相機，行走間還好奇地四處觀望。但尚哉他們來這裡的目的也不是掃墓，可能跟這些觀光客沒兩樣吧。

穿過谷中靈園，和普通車道合流後，不用花太多時間就能走到全生庵。門口還放著「幽靈畫展」的告示牌。

全生庵是山岡鐵舟為了祭拜明治維新時在國事中殉職的人，於明治時期建造的寺廟。但最近似乎翻修過，建築本身煥然一新。

脫鞋踩上冰涼的木質地板走進展示間，就看見牆上掛了一整排幽靈掛畫，其中也有很多如月岡芳年、圓山應舉、河鍋曉齋等尚哉也聽過名字的名家畫作。因為是只能在這段時期看見的收藏品，來客數也十分踴躍。

雖然一併概括為「幽靈畫」，但每位畫家的畫法似乎各有千秋。有些畫得極端恐怖，有些看起來只是單純穿著白色和服的女子畫像。還有原以為畫作中只有雲月和柳樹等簡單元素，但從遠處看，這些元素配置就會變成幽靈臉的錯視畫作。

「……雖然都是幽靈畫，但也有很多種風格呢。」

尚哉壓低音量這麼說，一旁的高槻則點點頭。

「收集這些畫作的三遊亭圓朝，生前會在柳橋舉辦怪談會。據說他仿照百物語的形式，開始收集一百幅幽靈畫。但在後世的調查中發現，其中似乎混進了怎麼看也不像圓朝自己收集的畫作。」

「大家真的很喜歡怪談或幽靈這種題材耶……夏天的時候，電視上也有很多靈異特別節目。」

「一般來說，只要歷經長年和平，文化到達鼎盛時期，就會興起怪談風潮。江戶時代如此，現代也是如此。脫離警示和宗教意義，單純作為娛樂的鬼故事很盛行。」

「太平盛世就會流行怪談嗎？」

「很不可思議吧。像戰國時代那種屍橫遍野的時期，死亡應該不可能染上奇幻的色彩吧？」

「奇幻？」

「畢竟描繪這些畫作的人都沒有親眼目睹過真正的幽靈嘛。全都是憑空想像的虛構幽靈。」

經他這麼一說，的確如此。其中或許有些畫家看過真正的幽靈，但大部分的幽靈畫都是出自畫家的想像，並非真實存在。

「不過，看到這種虛構的幽靈畫後，大家之所以會認定『這些是幽靈畫』，是因為我們心中對於幽靈本身有共通的概念。雖然大部分的人都沒有看過幽靈，卻對幽靈有某種既定印象。在這些印象的範圍內創造出自己心中的幽靈樣貌，就是畫出這些作品的畫家們。」

懸掛在展示間的這一排掛畫當中。

有好幾個幽靈停留在畫裡的虛空之中，有的滿懷怨恨，有的臉上帶笑，有的面無表情。

這些全都是過去從畫家們的想像中誕生的創作。

但連現代人都能看出這些是幽靈、靈異畫作，即使從未親眼目睹，也隱約有個概念，知道這種形象就是幽靈。

「我很喜歡這幅畫。樣貌楚楚動人，帶著若有似無的豔麗，卻有種惆悵落寞的氛圍，很有幽靈的感覺。若有機會，希望能遇見這種幽靈。」

高槻指著《蚊帳前的幽靈》這幅畫說道，好像是鰭崎英朋的畫作。

這幅畫描繪一名身穿白色和服的女性，站在被燈籠照亮的蚊帳前方。髮髻有些鬆脫，低垂的臉龐白皙又美麗，用嫵媚的眼神斜斜地看著觀者。從畫作中感受不到一絲恐懼，若沒有人告知這是一幅幽靈畫，根本不會發現——但如高槻所說，確實有種落寞感。

「幽靈是這種惆悵的感覺嗎？」

「若以幽靈的型態來到人世，當然會覺得惆悵啊。畢竟已經變成跟活人不一樣的存在了。」

高槻繼續說道：

「正所謂陰陽兩隔，存在本身已經截然不同了。比如有個心上人，自己卻變得跟那個人完全不一樣——一定會覺得悲傷又寂寞吧。」

高槻看著畫作這麼說。不知怎地，看起來跟畫中的幽靈同樣落寞。

無論是鳥類恐懼症、超憶症——還是想要盡早離開老家的理由。

高槻可能懷抱著某些複雜的過往。

但只要高槻不提，尚哉也不打算繼續深究。

不需要佐佐倉特別提醒，尚哉本身也無意越過那條線。

「好，再來去那邊看看吧。那邊的畫作也很有趣喔。」

高槻看著尚哉說話時的眼眸，偶爾會蒙上一層黑夜般的深沉色彩——所以尚哉知道這些事絕對不能過問。

看完幽靈畫展後，一行人決定步行至谷中銀座喝杯茶。

尚哉第一次來谷中銀座。之前似乎有在電視上看過人稱「夕陽之階」的階梯。

雖然是充滿下町懷舊氣息的商店街，在入口處率先躍入眼簾的卻是掛著五彩繽紛燈飾的土耳其餐廳，有點超現實的感覺。可能是此處有貓町之稱，到處都是貓咪雜貨的商店，店面屋頂上也有貓咪的雕像。

當他們買了貓尾巴造型的烤甜甜圈，悠閒地邊走邊吃時——

「——啊，高槻老師！」

身後忽然傳來這句搭話聲。

回頭一看，發現有兩個女孩站在後方稍遠處。一個身形高挑，長相有些強勢，將一頭黑長髮紮成馬尾。另一個身材嬌小有些豐滿，留著棕色鮑伯頭，感覺比較乖巧。

「啊啊，妳們是『民俗學II』的學生吧！」

高槻說完對她們揮揮手，真不愧是能將上課學生的長相全記在腦袋裡的記憶力。

兩人一臉開心地跑過來。

「天啊，不會吧，居然會在這種地方遇見老師，感覺好不真實！」

「我們剛才去對面那座全生庵看了幽靈畫！」

她們這麼說。

高槻笑著點點頭。

「是嗎。我們剛才也去了。幽靈畫很有趣吧？」

「對啊！其中也有超級恐怖的畫，感覺很像在逛鬼屋！」

「伊藤晴雨畫的《怪談乳房榎圖》真的有夠嚇人，可能會做惡夢……」

兩人你一言我一語地說著。高槻非常受女生歡迎，雖然只是偶遇，但能在這種地方碰見高槻，她們似乎真的很開心。

可是說著說著，長相有些強勢的女孩忽然變得一臉嚴肅，接著說出這種話……

「老師，不好意思，儘管在這偶遇也算是某種緣分，其實……我們想跟老師商量事情。」

「嗯？怎麼了？」

高槻面容慈祥地點點頭。

「那個……老師有在調查怪異事件吧？之前瀏覽過老師的網站，上面有類似的說明，然後……」

「小……小綾！老師正在跟朋友出遊，會給他添麻煩啦。」

比較乖巧的女孩注意到佐佐倉和瑠衣子並這麼說，看來尚哉沒有進入她的視線範圍，可能是太不起眼，跟背景融為一體了吧。

被稱為「小綾」的女孩，還是神情凝重地搖搖頭。

「琴子，話雖如此，也不知道什麼時候才能再見到高槻老師耶？要是這種狀態持續到暑假結束，我真的會瘋掉！」

看了高槻的網站並決定找他商量，就代表她碰上某種離奇的現象。從她的聲音中，確實能感受到跟先前奈奈子相同的迫切。

逮住完全是私下出遊的人，還拋出商量的要求，是有點沒常識的行為。但遭遇的恐怖現象，或許已經逼得她不得不這麼做了。

被稱為「琴子」的女孩，一臉困擾地瞥了高槻一眼。

「可、可是，那至少今天先跟老師約個時間，改天再談嘛……？打擾人家也不太好……」

她用十分客氣的聲音這麼說。

高槻來回看看兩人，「嗯」一聲點了個頭。

「看來妳真的深受其擾呢，那請現在就說明一下吧。」

並說出這句話。

穿過谷中銀座後，一行人在前方的咖啡廳勉強找到六個人的空位，便決定在這裡聽聽兩人的遭遇。

身為高槻的助手，尚哉不得不留在現場，不過瑠衣子和佐佐倉也跟著留下來了。瑠衣子似乎對她們的狀況很感興趣，佐佐倉則是單純沒事做。先不提瑠衣子，跟長相凶狠的佐佐倉同席似乎讓兩位女孩有些畏懼，但點的飲料和蛋糕都上桌後，她們還是老實地娓娓道來。

一開始主動搭話的強勢女孩是原澤綾音，比較乖巧的女孩是牧村琴子。綾音和琴子是中學以來的朋友，感情似乎非常好。雖然同為文學院大一生，但她們跟尚哉不是上同一堂外文課，所以互不相識。

遇到怪事的是綾音。

「那個，老師，之前提交報告時額外寫點離奇體驗不是可以加分嗎？你還記得我當時寫的內容嗎？」

就是尚哉因此被高槻逮住的那個報告。

高槻喝一口加了超多糖漿的冰紅茶，點點頭。

「記得啊，印象中妳還附了照片。沒錯——我記得是……」

高槻忽然將視線移到半空中。

「上禮拜跟朋友去日比谷公園大音樂堂聽演唱會，回程時在日比谷公園裡散步了一下。當時夜已深，天色非常昏暗，感覺很像在玩試膽遊戲，讓我覺得很有趣。結果我們在公園的一棵樹上發現稻草人偶，上面扎了好多針，好像對某人有深仇大恨，感覺非常可怕。我姑且拍了張照片，請老師過目。（如果可以幫我加分就太好了！）」

綾音和琴子一臉驚訝。

「……咦～太厲害了～！老師，你把我寫的內容背起來了嗎？」

「嗯，我對自己的記憶力有點自信，也還記得照片。軀幹和頭部扎有一根釘子、二十根大頭針，還有十根普通的針。稻草人偶本身作工精細，不像外行人憑著恨意親手製作的，可能是在網路上買的吧。」

高槻這麼說。在任何東西都能靠網路一鍵購買解決的現代社會，詛咒道具似乎也隨隨便便就能網購，讓人不禁懷疑這樣真的好嗎。

「所以呢？那份報告有什麼問題嗎？」

「啊，那個……呃，不知道你相不相信……但自從看到那個稻草人偶後——那個，針……」

「針？」

「就經常有針掉在身邊……」

綾音這麼說。

——比如從座位上起身時，有大頭針從裙襬掉到地上。

起身後回頭往椅面一看，有幾根縫衣針散落在那裡。

走著走著，忽然覺得腳邊閃著銀色的光芒，結果是刺繡針掉在地上。

針的種類和數量在事情發生當下各有不同，但回過神才發現，老是有針掉在自己身邊。

這種狀況一再出現。

「聽起來很嚇人。妳有被針扎傷嗎？」

「這倒沒有……真的只是掉在地上而已。可是感覺好噁心，好像被針纏上了一樣。」

綾音做出緊擁自己的動作這麼說。

坐在旁邊的琴子用小心翼翼的口吻說：

「那個，小綾在報告中寫的朋友其實就是我，我也看到稻草人偶了。小綾說要拍照的時候，我有阻止她，小綾卻說『可以拿來寫高槻老師的報告啊』，完全不聽勸……」

高槻稍稍垂下視線，用一隻手輕撫下顎，接著又揚起視線，來回看了看綾音和琴子一會。

「牧村同學，妳也看到稻草人偶了吧？那妳呢？有針掉在身邊嗎？」

「我還好……沒發生什麼奇怪的事。」

琴子搖搖頭答道。

高槻疑惑地歪著頭。

「真不可思議。明明是一起看到稻草人偶，為什麼牧村同學沒事呢？妳們之間的差別——只有原澤同學拍下照片寫進報告裡吧？」

「果然是這個原因嗎！」

綾音的臉皺成一團，似乎馬上要哭出來了。她將手肘靠在桌面上，雙手緊緊抱著頭。

「起初覺得當時拍的照片很好玩，還設成手機的待機畫面，後來覺得很噁心就刪掉了。每次出現針的時候，也都會拿去丟掉，但我真的沒有騙人！吶，老師，你相信我說的話嗎？我已經不知道要怎麼辦了……！」

「——別擔心，我相信妳。」

高槻用柔和的嗓音這麼說。

綾音抬起頭後，高槻又對她露出溫柔的微笑。

「當然相信妳啊，以為我是誰啊？」

「高槻老師……」

綾音看著高槻的眼神中充滿安心及信任，湧上淚水的眼眸在光線反射下閃閃發光。

另一方面，看著綾音的高槻眼中也充滿光芒——話雖如此，他眼中的光芒當然是出自好奇心。

高槻用力地在桌上探出身子，語氣興奮地說：

「畢竟現代怪談是我的專業領域嘛！以故事來說，只有針掉在地上滿普通的，但算是出色的怪談呢！」

尚哉心想，啊，這下糟了。

當自己感興趣的對象出現在眼前時，高槻就會不顧一切地撲上去，完全不管對方的心情和當時的狀況如何，像個孩子沉醉其中。

本人雖然把這種現象解釋為「因為沒有常識」，不過尚哉覺得，可能是研究用的思考迴路失控了吧。畢竟周遭的人都被嚇得半死，他自己似乎也停不下來，想必是相當棘手的問題，的確需要某人在適當的時間點替他踩剎車。

「真好奇那些針到底是從哪裡來的，妳還記得目前為止掉在地上的針有幾根嗎？如果跟稻草人偶上扎的數量一致，故事性就更完整了，只是——好痛！」

說到這裡，高槻忽然發出慘叫，桌子還震了一下。好像是佐佐倉踢了他的小腿。

高槻淚眼汪汪地瞪著佐佐倉。

「很痛耶，幹嘛啦，健司！」

「閉嘴，太大聲了。」

佐佐倉用低沉的聲音回答。

「冷靜點，在場只有你一個人這麼興奮。」

「……啊。」

高槻將視線轉回綾音身上，露出大事不妙的表情。綾音似乎被高槻的氣勢嚇到將背部緊貼在椅背，露出困惑的表情，琴子也一樣。

「對……對不起，阿健。我又闖禍了嗎？」

「要道歉的話，對象不是我，是她們。」

佐佐倉用下顎指了指綾音她們。

「呃，那個，對不起，原澤同學！因為這件事太有意思了，不小心就激動起來……是啊，對妳來說是很棘手的問題吧，真的很抱歉。」

「啊，不，沒關係啦……只要老師願意相信我，就很開心了。」

綾音對連忙道歉的高槻這麼說，但臉上還是帶著點驚恐。

看來佐佐倉跟尚哉一樣，都是高槻的「常識擔當」。正是交情頗深，應對方式可說是毫不留情。

「呃……總之我相信妳的說詞，原澤同學。雖然我個人也很想釐清這起怪事的真相——但還是有幾個疑點。」

高槻彷彿要重整姿態般輕咳幾聲，並說出這句話。

綾音皺著眉頭看向高槻。

「什麼疑點？」

「牧村同學身上什麼也沒發生，只發生在原澤同學身上，這一點要說奇怪的話確實很怪。但我更在意的是——為什麼是針呢?」

「咦?」

綾音眨眨眼,琴子的表情彷彿也聽不懂高槻這個問題。

尚哉他們也不明所以地看著高槻。

高槻說道:

「當知道稻草人偶上扎的除了釘子以外還有針時,就有點在意了。畢竟依照規矩,應該要用釘子釘人偶才對。就算先把稻草人偶這件事和原澤同學碰到的怪事分開來思考,還是讓人疑惑為什麼會用針。現在這個時代,針也不是隨手可得的道具對吧。以前因為各種東西都需要縫補,針和裁縫箱才會是生活常用的道具。但現在頂多只會拿來縫鈕子吧?一般人不太有機會接觸到針啊。」

「啊——可是我們……」

綾音話說到一半就中斷了。

高槻歪著頭催促她繼續說下去,綾音便和琴子互看一眼。

最後開口的人變成琴子。

「那個……我們到高中為止都是手工藝社,我跟小綾都是。所以對我們來說,針可能算是隨手可得的道具。」

「但我不記得曾經有對針不敬啊!甚至還參加過針供養的活動!所以能想到的

原因果然還是……」

看來只有那個扎著針的稻草人偶了。

「當時果然不該因為好玩就當成待機畫面吧？這樣感覺就像當時那些針都回到我身上似的……」

綾音神情不安，眼神四處游移，嗓音中帶著顫抖。琴子像是要替她打氣般輕撫她的背。

瑠衣子發出「唔～」的一聲，雙手環胸說道：

「到底是怎麼回事呢？一般來說，這應該是某人的騷擾行為，但這種做法……在對方身邊放一堆針的用意是什麼呢，是某種警告嗎？」

「……這說不通吧。若對方根本不清楚是因為什麼事情被警告，那就毫無意義可言了。從這傢伙的描述來看，是不知道針為什麼掉在身邊才覺得害怕吧。」

佐佐倉這麼說。

尚哉也對高槻提出問題。

「有沒有跟原澤碰到的怪事類似的案例呢？比如看到稻草人偶後受到詛咒，或是被針纏上之類的。」

「這個嘛，我是有在江戶時代的書上看過針的故事，但跟這次的狀況有點對不上。看到稻草人偶後被詛咒的故事也是……因為她們也不是目睹了丑時參拜啊。如果是這樣的話，後果可能會慘不忍睹。」

「什麼？」

「要是進行丑時參拜的過程被他人目擊，那就糟糕了。好不容易得到的詛咒效力會失效，或是會反噬到自己身上等等，各家說法不一。還有一種說法是，得將目擊者殺害以防上述情況發生。」

聽了高槻的解說，綾音和琴子不約而同地臉色發青，抓著彼此的手緊貼在一塊。明明長得一點都不像，卻像雙胞胎姐妹似的，看來感情真的很好吧。

見兩人受到驚嚇，瑠衣子露出像是要出面調解的笑容。

「沒事啦，妳們看到的並不是丑時參拜的現場吧？幾乎沒出現過只看到稻草人偶就被詛咒的案例，所以不必擔心——來，先不談這些了，吃蛋糕吧！喏，妳們看，感覺很好吃耶？」

包含瑠衣子在內，所有女孩都點了飲料和蛋糕。瑠衣子是水果塔，綾音是巧克力蛋糕，琴子則是生起司蛋糕。剛才的話題內容太過離奇，因此所有人都還沒開動。

被瑠衣子這麼一說，綾音和琴子才拿起叉子，瑠衣子也吃起自己的蛋糕。

高槻看著尚哉說：

「深町同學，你也可以點蛋糕啊？我請客耶。」

「之前就說過我不喜歡甜食了。」

尚哉把自己的冰咖啡挪到面前如此答道。

「老師才是吧，你是超級螞蟻人，可以點個蛋糕或聖代啊。」

「那個，我姑且還是有老師的立場在。」

「原來老師也會在意自己的立場啊，我都不曉得呢。」

「……阿健，總覺得深町同學在欺負我耶，是我多心了嗎？」

「你多心了吧。」

被尚哉和佐佐倉冷漠以對的高槻，用吸管在冰咖啡裡轉啊轉的，好像是在鬧脾氣。

就在此時。

「……咿……！」

綾音忽然發出微弱的聲音，用手摀住嘴。

琴子一臉驚訝地將手搭上綾音的肩。

「小綾！妳怎麼了！」

「……唔！」

綾音沒有回答，並將摀著嘴的手鬆了開來。

她的嘴角滴下紅色的液體。

「喂！」

佐佐倉立刻將身子探向桌面。

綾音低下頭，將嘴裡的東西吐到盤邊。剛才的巧克力蛋糕變得黏稠一團，跟混著唾液的血一起掉在盤子上。在那團巧克力色當中，居然有某個東西發出銀色的光芒。

高槻毫不猶豫地伸出手指撿起那個東西。

「——是針。」

被高槻手指捏住的東西，是斷成兩截的縫衣針。

「混在蛋糕裡了嗎？喂，讓我看看妳的嘴巴！」

佐佐倉立刻起身，用手抓住綾音的下顎往上抬，仔細觀察她的口腔內部。

「……好，沒有其他異物。先喝一口水，再讓我看看口腔的狀況，要確認妳的傷勢。」

聞言，綾音便乖乖喝了杯子裡的水，佐佐倉也再次觀察她的口腔。

琴子一臉蒼白地看著綾音，開始渾身顫抖。

「為什麼……？怎麼會發生這種事……討厭，太可怕了吧……！」

琴子哭了起來，瑠衣子便走到她身旁進行安撫。

這時店裡開始躁動起來，店員也小心翼翼地走了過來。

「客人……？那個，發生什麼事了嗎……？」

「啊啊，其實是——」

佐佐倉本來要回答店員的問題，綾音卻用顫抖的手緊緊抓住他的手臂。

綾音不顧滿臉驚愕地低頭看著自己的佐佐倉，直接向店員低頭道歉。

「沒有！店家沒有做錯任何事，都是我的錯！全都是我的問題……！」

綾音用近乎悲鳴的嗓音這麼說，嘴角還帶著血跡。

尚哉似乎聽到「啪啦啪啦」的細微聲響，往地板一看。

然後他嚇傻了。

綾音腳邊散落好幾根紅色大頭針。

綾音嘴裡的傷口似乎不嚴重，但為了保險起見，高槻還是決定陪她去醫院。

根據綾音的說法，針似乎藏在蛋糕裡，因為沒注意就一口咬下，斷掉的針才會刮傷口腔。幸好及時吐出，要是直接吞進肚裡，後果可能不堪設想。

聽到蛋糕裡面有針，店員一臉鐵青地把店長叫過來，但當事人綾音卻一再主張「不是店家的問題」。因為不想把事情鬧大，店家似乎暫時不會往上呈報。

高槻打電話叫了計程車，讓綾音和琴子坐進後座後關上車門。坐進副駕駛座前，他回頭對尚哉說：

「深町同學，真不好意思，本來只是想找你出來玩，結果卻碰上這種事。可能是我平常的執念太深，最後自己把這些怪事招過來了。」

「……我是無所謂啦。老師，你應該覺得可以招來怪事比較開心吧？」

「我個人是覺得很開心啦，但不想看到學生受傷。別說這些了，深町同學——」

高槻往尚哉靠近一步，稍稍壓低音量問道：

「——你的觀察能力有發現什麼嗎。她們有說謊嗎？還是沒有？」

「我覺得……沒說謊吧。」

「說得有點含糊呢，不能肯定嗎？」

「不……至少她們說的話不是謊言。」

這點無庸置疑。不管是綾音還是琴子的聲音，都沒有發生歪曲。

聞言，高槻「唔嗯」地沉吟一聲，又看看坐在車內的兩個女孩。

綾音哭喪著臉靠在琴子肩上，琴子也還沒止住眼淚，緊緊抱著綾音。

「是嗎……那她們可能真的被針纏上了。這下傷腦筋了。」

高槻看著膽怯無比的兩個女孩時，眼中似乎又帶著一抹藍色。

當天晚上，尚哉接到高槻的電話。

『——深町同學，我想麻煩你打個工，可以嗎？』

「什麼事？」

『嗯，跟今天那件事有關。』

聽高槻說，綾音嘴裡的傷勢很輕，但綾音和琴子都受到極大的驚嚇。診察結束後，兩人就直接搭計程車回家了。

「要去找那個稻草人偶嗎？」

『啊啊，那個我跟瑠衣子同學去找就行了，畢竟這種事也在她的研究範圍之內。想拜託深町同學做其他事。』

「要我做什麼？」

『想請你去探聽消息。』

「探聽……嗎？」

『我想深入了解她們私下的狀況，校內或校外都可以。』

高槻繼續說道：

『我記得有在學校裡見過她們，就在腦海中稍微挖掘一下，發現曾遠遠地看過幾次。在我的記憶中，她們總是一同行動，感覺交情頗深。就算和其他女生成群活動，兩人也老是黏在一起，感覺下一秒就要牽起對方的手。』

高槻能將所有看過的事物清楚地記在腦子裡。看著校園裡那些雜亂的景象，也能將映入眼簾的一切同等地記得清清楚楚。所以高槻日後可以像這樣用翻相簿的方式，將收在腦海中的記憶翻找出來。

『不過，中途有個男學生像掛件一樣總跟在她們身邊。我沒教過那個學生，所以不知道是誰。他手上拿的書寫著《經濟學概論》，可能是商學院的吧。因為從去年就對他的臉有印象，應該是二年級——我想知道那個人是誰。深町同學，你跟她們同屆，有辦法透過朋友打聽到消息嗎？』

「沒辦法，因為我沒有朋友。」

『咦？』

尚哉一口回絕，感覺電話另一頭的高槻似乎疑惑地歪起頭來。

尚哉心想，對喔，高槻這種人可能沒辦法理解吧，於是接著說：

「呃，還是有一些碰到面會聊幾句的人，但算不上朋友啦。這個夏天也沒打算跟他們見面。」

『——……』

電話另一頭的高槻忽然沉默了。

呃，由於是在講電話，對方忽然不講話，尚哉也不知該如何是好。畢竟看不到臉，不曉得對方是在生氣、傻眼，還是正在同情自己。

「……那個，老師？」

尚哉實在撐不住這股靜默，小心翼翼地開口問道。

『——這樣啊，我明白了。』

高槻終於答話，而且還說出「我明白了」這種話。

尚哉鬆一口氣。這樣就能避開探聽的打工了。雖然拿不到工錢有點可惜，但每個人都有適合和不適合的工作。

結果他還是太天真了。

『深町同學，不然這樣吧。來辦個烤肉大會好了！』

「……啥？」

尚哉心想，像我這般凡人，可能永遠無法理解高槻這種人的思考迴路吧。

——在那之後不到兩週時間，高槻說的「烤肉大會」就準備妥當了。

高槻的說法是，既然尚哉獨自探聽有些困難，那設置適合探聽的場合就好了。只要邀請選修「民俗學Ⅱ」的學生，舉辦以「交流會」為名義的烤肉大會，在活動現場打聽即可。

選修「民俗學Ⅱ」的主要是文學院一年級學生，其中應該也會有和綾音及琴子交好的人，或許可以從他們那裡收集到綾音和琴子的相關資訊。

活動邀請是透過大學的社交平臺發出。青和大學平常的課堂聯絡事項，都會利用社交平臺公布。這個方式正好可以一口氣把很多學生約出來。

話是這麼說，由於正值暑假，很多人去長途旅行或回老家了。儘管如此，這麼臨時的邀約還有超過三十人報名想參加，應該是因為高槻很受學生歡迎吧。

所以在九月初某一天的中午時間，高槻主辦的「超興奮烤肉大會」在江東區新木場公園的烤肉廣場舉行了。近期的烤肉區似乎備有設備和食材齊全的配套方案，讓民眾可以空手參加，非常周到。

「不過老師，只是想打聽消息而已，真虧你可以這麼大費周章地舉辦活動……」

「咦？既然都要辦了，開心點不是比較好嗎？夏天就是要烤肉嘛！」

高槻放眼望向開始準備的學生們，面帶微笑地這麼說。明明是來烤肉，高槻今天卻還是一身西裝，應該會沾到味道吧，他不介意嗎？

「太好了，參加的學生比想像中還要多。深町同學，機會難得，你也趁機跟大家促進感情嘛。這可是重要的大一夏日回憶喔。」

「……呃，我真的不需要這些人際關係。」

其實想盡可能避免到人多的地方。

儘管如此，尚哉還是來參加了。一方面是部分費用由高槻負擔，可以用超級便宜的價格吃到肉這一點很吸引他，另一方面是還是在意綾音和琴子的事情。都親眼看到綾音在眼前吐出針了，當然會心生好奇。

在進行準備工作的學生當中，也能看到綾音和琴子的身影，她們果然還是無精打采的模樣。

「那兩個人也來了呢。」

聽尚哉這麼說，高槻也露出意會的表情，看著她們點點頭。

「嗯，我知道她們一定會來。」

「什麼？」

尚哉歪著頭，對高槻這句話感到不解。

但高槻沒有繼續說明，只是低頭看著尚哉笑了笑。

「好啦，我們也該不著痕跡地去跟大家探聽消息囉！」

「咦……真的要問喔？」

「當然要啊，就是為此舉辦烤肉大會的嘛！深町同學，我去那一帶打聽消息，其他人就交給你了，不能表現得太刻意。還有，也不能被原澤同學和牧村同學發現喔！──喂～那一爐的同學，可以讓我加入嗎～？」

「咦？老師，等、等一下……」

尚哉還來不及阻止，高槻就露出那黃金獵犬式的笑容，興高采烈地隨便找一群人加入了。

「呀～！高槻老師～！快過來快過來～！」

「老師，你要喝什麼？幫你倒一杯！」

「老師，你想吃什麼？可以優先幫你烤！」

高槻加入的那一組發出歡呼聲。他選的那群人全是女孩子，沒想到他還挺機靈的。

無奈之下，尚哉只好環視會場一圈，尋找尚未額滿的烤爐，結果和一個眼熟的棕髮男對上視線。他和尚哉是同一堂外文課的同學，名叫難波要一，也是在高槻的第一堂課時與尚哉攀談的人。

「喔，深町，過來這裡啊，還有空位喔～」

難波直爽地拋出這句話，並對尚哉招招手。仔細一看，那一爐的成員都是同一堂外文課的人。

「唷～深町，好久不見～暑假都做了些什麼啊～？」

「呃，太熱了我什麼都沒做……你們前陣子去海邊了吧？好玩嗎？」

「啊～那個啊，水母有夠多簡直糟透。而且海之家賣的拉麵因為是外行人煮的，麵條都爛掉了～不過，在那種地方吃還是滿好吃的啦。」

難波笑著說，他的臉曬得比夏天前還要黑上不少。

尚哉平常跟難波見面就會聊幾句，偶爾還會一起去學生餐廳吃午餐。因為難波個性直率爽朗，幾乎不會撒謊，所以相處起來很自在。

圍著同一臺烤爐的學生們，似乎也不是所有人都有去海邊。有很多人也是很久沒碰面，大家都聊得很開心。

「不過，大學的課堂居然還會舉辦烤肉大會，又不是研究室分組。」

「咦～我覺得超好玩的耶～因為是高槻老師發起的嘛！」

「既然要辦，比較希望是在傍晚以後，不要選在大中午嘛！加上無限暢飲更好～吶，深町也這麼認為吧？」

「……我們幾乎都是未成年，所以沒辦法啦。」

雖然只是為了探聽消息臨時組織的活動，但學生們都玩得很開心。大家興奮喧鬧的聲音聽起來很歡樂，目前還沒有出現扭曲的現象，尚哉也稍稍鬆口氣，默默加入眾人的話題。

每一臺烤爐都開始烤肉後，現場變得香味四溢。各處的烤爐都能看到人人單手拿著免洗筷和盤子，展開激烈的食物爭奪戰。只顧著吃肉的人越來越多，催促大家吃菜的聲音也此起彼落。

「我還在發育！再給我多一點肉啦，我要吃肉！」

「你幹嘛還要繼續長啊！我比較矮，把肉給我！」

「臭男生，多吃點菜啦！你們這群腦袋空空的傢伙，去吃蔥啦！」

尚哉心想大家還真有活力，並從食材盤拿出肉和蔬菜放在鐵板上。他猜拳時全盤皆輸，最後變成負責烤肉的人。

不過實際操作後，居然比想像中還要有趣。

圍著同一臺烤爐的人全都飢餓地嚥著口水，觀察食材發出滋滋聲響炙烤的過程。確認食材開始變色後，尚哉便從頭依序翻面，其他人依舊不發一語地盯著看。當肉烤到恰到好處時，眾人同時伸出筷子，速度堪比變色龍伸舌捕捉獵物那麼迅速。沒搶到肉的人只能心不甘情不願地改拿蔬菜，不過玉米似乎比紅蘿蔔和青椒還要搶手。

經過第一輪掌握狀況後，尚哉刻意更改肉和蔬菜的配置，盡可能優待上一輪沒夾到肉的人。他抓準時機將食材放上鐵板，盡量不讓食物供應中斷。這種工作或許可以稱為鐵板將軍，但心情上比較接近為雛鳥提供餌食的母鳥。

「喂，難波，那片肉還沒烤好，放回去。」

「啥～有什麼關係！半生熟才好吃啊！」

「不行。為了懲罰偷跑，這邊的青椒由你負責。」

「深町太嚴格了吧……」

這時，尚哉不經意看到在對面烤爐的綾音和琴子，這才猛然回神。

糟糕，烤得太入神了，完全忘了原本的目的。

正好有個女孩提議和他交接，尚哉心懷感激地將工作交給她，小心翼翼地看了看圍在烤爐邊的學生們。

「對……對了，在場有跟原澤或牧村親近的人嗎？」

「咦～？幹嘛忽然問這種問題？」

聽到尚哉的提問，難波一臉狐疑地歪著頭問。

「就是、那個，之前出門的時候看到她們在哭，有點好奇是怎麼回事。」

總不能說出看到綾音吐出針的事，尚哉描述時刻意隱瞞這個可怕的事實。

難波更疑惑了。

「深町，你跟原澤她們很熟嗎？」

「沒、沒有很熟啦……應該算是互相認識而已，只聊過幾次。」

「——你要問原澤綾音跟牧村琴子的話，我跟她們同社團喔？」

說話的是跟尚哉交接烤肉工作的女學生，印象中她叫青木。

「同社團？是什麼社團啊，手工藝嗎？」

「不是，是英文社。她們個性都滿好的，也很少蹺掉社團活動。」

青木動作俐落地將肉放上鐵板，並這麼說道。

「啊啊，不過她們之前確實說過到高中為止都是手工藝社。深町同學，你很了解呢。」

「啊，嗯……之前聽她們說過興趣是手工藝。」

「她們現在好像也會隨身攜帶裁縫工具耶？之前還弄掉了大頭針。從椅子上站起來的時候，忽然有一堆針掉下來，問說怎麼回事，說是暫時固定裙子綻線的地方，但不小心忘了。我當時嚇了一跳，正常來說會這樣做嗎？既然以前是手工藝社，趕快縫一縫不就好了嗎？」

「啊……是嗎？」

沒想到居然得到綾音被針纏身的目擊證詞。用大頭針固定裙子這種說法，應該是為了不讓他人起疑，勉強掰出的牽強藉口吧。

「那個，青木，妳知道誰跟他們比較熟嗎？」

「嗯～我覺得跟社團裡那些人感情都不錯。但她們兩人老是形影不離，應該沒有其他人像她們那麼好吧……唯一能想到的只有二年級的高須學長，但他們的相處模式又不太一樣。」

「不太一樣？」

「高須學長是我們社團的學長，大概是從五月開始吧，他跟綾音交往了。高須學長滿貼心的，也會顧慮到綾音和琴子的友誼，跟綾音約會的時候，好像都會約琴子一起去。」

「啊啊……這樣啊。那牧村呢？有男朋友嗎？」

「琴子？嗯，應該沒有吧。那孩子比綾音老實多了。」

「是嗎……」

保險起見，尚哉先確認高須學長就讀哪個學院。其實很想把聯絡方式都問清楚，但做到這種程度還是不太自然。

這時，一旁忽然有人用力拐了尚哉一下，讓尚哉嚇一大跳。

「你、你幹嘛啦，難波！」

「——深町，難道你有青春的念頭嗎？」

「啊？」

尚哉把歪掉的眼鏡扶正，重新看向難波。

難波帶著意有所指的壞笑，抓著尚哉的肩膀說：

「說，目標是哪一個？是原澤嗎？不對，她已經死會了。是牧村嗎？」

「……難波，那個，不是你想的那樣啦。」

尚哉將難波的手抓開，並這麼說道。

難波卻不知反省，再度抓住尚哉的肩膀。

「難得看你打聽其他人的事情嘛！反而很意外耶。因為平常好像都對其他人沒興趣。」

「咦……」

沒想到會被難波猜個正著，尚哉頓時啞口無言。

「哪、哪有啊……」

尚哉試圖找藉口掩飾，難波卻搖搖頭。

「不過，看到你好像也跟大家一樣對旁邊的人有興趣，就放心了。是說今天看到你來參加活動，我真的嚇一大跳耶。你啊～要多參加平常的酒攤啦～每次都說沒錢來不了，但都找便宜的餐廳耶～」

「啊……嗯，抱、抱歉……」

聊著聊著，肉又烤好了。

這時，難波的眼神驟變，以電光石火的速度伸出筷子，但其他人也不遑多讓。這場爭奪戰已經上演好幾輪，大家都對彼此的習慣和動作瞭若指掌。好幾雙筷子在鐵板上交錯，在激烈的攻防之下，被某人筷子彈出的肉片頓時飛向空中。眾人慘叫連連，尚哉也忍不住發出驚呼，連忙將筷子伸向還在半空中的肉片。

高槻要尚哉跟同學們培養感情時，尚哉回答「沒有必要」，覺得自己不需要夏日回憶和朋友。

不過——無法否認的是，他確實也覺得這種感覺還不賴。

烤肉大會接近尾聲時，高槻和尚哉約在廁所前集合，互相匯報探聽的結果。

「那我先說吧。」

高槻稍稍舉起手說道。

「有好幾個人看到原澤同學把稻草人偶的照片設成待機畫面，是被大家嫌棄

『品味好詭異』，她才心不甘情不願地換掉了。他人的印象大概是，原澤同學會愛心血來潮去做一些怪事，牧村同學雖然會從旁勸導，卻還是笑容滿面地陪在身邊。她們畢業於同一所私立女子高中，牧村同學本來要直升那間學校的附屬女子大學，但原澤同學想來我們學校，所以牧村同學也更改志願來本校就讀。牧村同學似乎常說『一定要小綾陪著我才行』，但周遭的人都覺得『綾音才是一定要琴子陪在身邊吧』。」

真不愧是深受女孩喜愛的萬人迷，探聽消息似乎相當順遂，資訊量十足。

「她們感情非常好，連社團都一樣，平常也總是一起行動。其他人都說『就像持續女子高中的生活模式一樣』，但女校生活真的是這樣嗎？順帶一提，她們之所以會選修我的課，不是因為對民俗學有興趣，而是衝著我這張臉。」

連這種不重要的資訊都搜集到了。選修高槻課程的女同學，絕大多數都是基於同樣的理由吧。

「至於最近介入姐妹情深的原澤同學和牧村同學之間的男學生，我這邊的學生們似乎沒人知道，頂多只有『啊～我知道我知道，之前有看過～』的程度而已。大家都對朋友的男朋友不感興趣嗎？」

「啊，我這邊有問到。他是原澤的男朋友，二年級，跟她們同社團，名字叫高須。」

這次換尚哉微微舉起手回答，補足了高槻的情報。

「啊啊，你那邊有人知道這件事啊。跟他交往的是原澤同學嗎？」

「對。但那個學長很貼心，知道她們感情很好，約會時好像都會找牧村一起去。」

「這種表達貼心的方式正確嗎……然後呢？有問到其他事情嗎？」

「跟原澤她們同社團的女學生說，有看過大頭針從原澤的裙子掉下來。當時原澤的說法是『裙襬綻線了，才用針暫時固定』。」

「這種說法太牽強了吧——但既然如此，就像深町同學你說的，她們確實都沒有說謊。原澤同學是真的被針纏上了。」

高槻這麼說。

尚哉接著問道：

「那果然是稻草人偶的詛咒嗎？」

「是啊……在某種意義上，或許可以這麼說吧。」

高槻的說法有些模糊。看來他已經知道是怎麼回事了吧。

「老師，你想怎麼做？果然還是要驅邪嗎？」

「是啊。情況似乎已經發展到無法放任不管的程度了，得想點對策才——」

高槻話還沒說完。

「——咦？天啊，妳沒事吧！」

就傳來這個近乎慘叫的聲音。

兩人轉頭看向烤肉會場，發現有個女孩壓著手臂蹲在地上，其他學生都憂心忡忡地圍在她身邊。

高槻低聲說道：

「那是——牧村同學。」

「什麼，牧村？」

高槻立刻衝過去，尚哉也緊追在後。

來到事發的烤爐邊，蹲在地上的人果然就是琴子。她的左袖捲到肩膀處，一看就能發現左上臂變得又紅又腫。

「怎麼回事，燙傷了嗎？」

高槻發問後，回答的是在琴子身旁臉色鐵青的綾音。

「不是。琴子忽然很難受地壓著手臂……把袖子捲起來一看，就發現手臂又紅又腫……！」

「讓我看看。」

高槻在琴子身邊屈膝跪下，抬起她的手臂，將臉湊近紅腫處仔細觀察——接著忽然皺起眉頭。

「老、老師？怎麼了嗎？」

一旁的綾音用顫抖的嗓音問道。

高槻轉頭看著綾音，露出一抹微笑。

「——牧村同學好像被蜜蜂螫了。」

高槻的聲音忽然扭曲，尚哉不禁嚇得摀住耳朵。

剛才高槻撒謊了。

琴子不是被蜜蜂螫了，至少高槻不這麼認為。

但一直憂心忡忡地圍在一旁的同學們，氣氛變得緩和了些。見狀，尚哉想到先前高槻說過「人類對於無法解釋的事態感到恐懼」這句話。不明原因的紅腫讓人毛骨悚然又害怕，但聽到只是單純的蜂螫之後，大家只會覺得「什麼嘛，原來是蜜蜂」並釋懷。

高槻起身後，看著眼前的學生們說：

「那邊的管理處應該有急救箱，我帶牧村同學過去看看。其他人也該準備收拾囉。」

聽到高槻這句話，聚集在此的學生們紛紛說著「呃～真的假的～」「剛才有蜜蜂在飛嗎？」並回到各自的烤爐邊。

高槻將手放上琴子的肩膀扶她起身，並對綾音說道：

「原澤同學，妳身上有裁縫工具包嗎？」

「咦?有、有是有……」

「裡面有鑷子嗎？」

「有，不過是小支的。」

「是嗎?那妳帶著工具包一起來吧，深町同學也跟上。」

高槻攙扶著琴子的肩膀直接往前走，綾音和尚哉也跟過去。

在從烤肉會場看不見的位置找到一張長椅後，高槻就讓琴子坐了下來。

綾音神情驚慌地問：

「咦?老師，不去管理處嗎?」

「嗯，要去啊，得請他們幫忙消毒才行，但在那之前要先做一件事——原澤同學，借我鑷子。」

高槻再次抬起琴子的手臂，用手指慎重地按壓皮膚紅腫處。

當琴子的表情變得格外扭曲時，就能看見某個細小的物體被擠出皮膚。

高槻動作靈巧地以鑷子夾出那個東西。

是針。

銀色細小的——縫衣針。

見狀，琴子「嗚哇」一聲發出微弱的哀號，蒼白的臉皺成一團，瞪大的雙眼中頓時盈滿淚水。

站在尚哉旁邊的綾音彷彿腿軟了似的，當場跌坐在地。

綾音用不停顫抖的雙手摀著嘴巴，以近乎悲鳴的聲音說：

「為什麼……？為什麼連琴子都……！」

坐在長椅上的琴子看向綾音。

「小綾……」

琴子像孩子般哭起來，並對綾音伸出手。

高槻拔出針的孔洞慢慢湧出鮮紅色的血珠，接著化作一道血流，沿著白皙手臂往下流至伸向綾音的指尖處。

「小綾，吶，我到底該怎麼辦……？」

綾音渾身發抖地看著從琴子指尖滴落的鮮血，隨後才猛然回神，伸手握住琴子的指尖。

「琴子！琴子，沒事的，別擔心……不會有事的……」

綾音用顫抖的雙膝勉強起身，在琴子身邊坐下後，便將琴子擁入懷中啜泣起來。

尚哉疑惑至極地看著她們兩人。

詛咒擴散了。不對，不只是擴散而已，甚至惡化了。

起初只是有針落地的奇異現象，如今卻演變成傷人的程度。

高槻是怎麼想的呢？他會如何解釋這起怪事？

尚哉看向高槻。

只見高槻充滿好奇地盯著自己剛才夾出來的針，表情彷彿獲得貴重標本的昆蟲學者似的。

不知怎的，他臉上似乎還充滿笑意，尚哉頓時覺得毛骨悚然。

「老……老師？」

尚哉下意識開口喊道。

高槻聞言，看向尚哉。

隨後，他這次真的露出一抹笑容。

「吶，深町同學——我發現有個故事跟這次的事件很像呢。」

「什麼……？」

聽到這句話，尚哉不禁瞪大雙眼。

高槻小心翼翼地將縫衣針包在手帕裡並收進口袋，接著在坐在長椅上的綾音和琴子面前蹲下來，近距離緊盯著兩人的臉。

「原澤同學，牧村同學，看來情況已經相當嚴重，不能繼續放著不管。所以——我們來驅邪吧。」

他用溫柔的嗓音對兩人如此提議。

「驅、驅邪……？」

「是、是老師幫我們驅邪嗎……？」

綾音和琴子都驚訝地猛眨眼睛看著高槻。

高槻笑容滿面地點點頭回答：

「明天妳們能來我的研究室一趟嗎？深町同學也一起來，可以吧？」

隔天。

尚哉來到高槻的研究室時，綾音和琴子已經到了，卻不見高槻的蹤影。

兩人的表情都相當緊張，坐在中央大桌旁的摺疊椅上。琴子的左手臂包著白色的紗布。

「……對了，為什麼連你都被叫過來啊？」

綾音微微皺起眉頭瞪尚哉一眼。琴子用勸導的口氣喊了聲「小綾」並拉拉她的手，但連琴子都用有些懷疑的眼神看著尚哉。也是，對她們來說，尚哉應該只是跟高槻商量的時候恰巧在場的局外人吧。

——昨天晚上，尚哉接到高槻的電話。

他說明了驅邪時尚哉必須在場的理由。

高槻請尚哉幫忙，如果發現兩人有說謊，希望能告訴他。

『我在驅邪的過程中，如果發現她們在說謊，麻煩打個暗號給我，動作盡量自然一點，最好不要被發現。對了，原澤同學說謊你就碰右耳，牧村同學說謊你就碰左耳，就這麼辦。』

話雖如此，也不能把這件事告訴她們，所以尚哉變得有些無所適從，只能默默地坐在離兩人有段距離的椅子上。

「——啊啊，抱歉，我遲到了！太好了，大家都到了呢！」

這時，高槻才打開研究室大門走進來。

他看看圍著中央大桌而坐的綾音、琴子及尚哉，勾起一抹微笑。

「那就開始吧。可以幫我照順序傳下去嗎？」

說完，高槻將拿在手上的幾張紙交給離他最近的綾音。

綾音狐疑地皺起臉。

「咦？這是什麼……不是要驅邪嗎？」

「嗯，當然要啊，就是為此請你們過來的嘛！」

高槻依舊是笑容可掬。

看到琴子傳來的紙，尚哉又疑惑地歪過頭。這跟高槻在課堂上用的講義一樣，上面有數行古文，感覺是從某本書複印過來的。

「接下來，就要替原澤同學和牧村同學驅邪了。」

高槻這麼說，並在綾音及琴子面前的位子坐下來。

兩名女孩疑惑地看向彼此。研究室裡根本沒有符合驅邪印象的物品，高槻也一如往常穿著西裝，研究室裡充滿舊書的氣味。或許是因為正值暑假，校園裡一片靜謐。

在寂靜的氛圍中，響起了高槻柔和的嗓音。

「雖說是驅邪，但我畢竟不是祈禱師，所以就用上課的方式來進行吧——原澤同學和牧村同學身邊這些與針有關的靈異怪事，在江戶時代的書上有類似的記載，就是剛才發下去的資料。有個名叫宮崎成身的人寫了一本《視聽草》，收錄當時發生過的事件、災害，以及蒐羅而來的奇聞軼事，種類五花八門。其中收錄有一則名為〈怪病〉的故事。」

兩名女孩的表情依舊困惑，將視線移向手邊的資料。話雖如此，這應該是直接用當年出版的古書複印而來，不是活字印刷，所以難以辨讀。

高槻繼續說道：

「資料部分之後再慢慢看就好，我先簡單介紹一下故事梗概——有個叫做阿梅的十四歲女孩說全身上下都痛得要命。只要摩擦疼痛的部位，就有針頭從皮膚底下穿刺而出。」

琴子的肩膀猛地一震，這跟琴子昨天的遭遇完全吻合。

「從阿梅的身體各處回收了好幾根針，包含脖子、膝蓋、陰部、心窩處，還有混著痰液從嘴裡吐出來的。發病的時間點，是她受雇於『松屋』這間藥局後才開始的，嘗試治療無果，最後雇主只好將阿梅請回家。在家裡靜養一陣子後，阿梅逐漸恢復，於是隔年又去其他地方工作，沒想到狀況又急遽惡化。當時問她母親知不知道其中原委，是否有點線索時，母親回答，經常有鼬鼠在阿梅的寢居附近跑動，還在棉被下撒了大量的小便，或許這就是原因所在，還說可能是狐狸在搞鬼——以現代人的觀感而言，這位母親的回答是無稽之談。身體裡冒出針頭，跟狐狸、狸貓或鼬鼠的存在根本沒有半點關聯。但以當時來說，這個回答相當合理，那個年代經常把怪病的原因歸咎於『被狐狸附身』。很像古代人會做的解釋吧。」

這麼說來，高槻之前曾說，所謂的怪異現象，必須要有「現象」和「解釋」兩種元素才能成立。

當時的人將體內冒出針頭的「現象」，「解釋」為狐狸或狸貓在作怪。對尚未具備正確科學及醫學知識的古代人來說，這算是相當合理的理由吧。

「可是……我們又沒有被狐狸、狸貓還是鼬鼠附身。」

綾音開口說道。

「這裡可是東京都內，哪有那種動物啊。老師，你說這種故事給我們聽，到底有什麼目的？」

綾音狠狠地瞪著高槻說。琴子喊了聲「小綾」，扯著她的衣襬。

「東京都內也有狸貓或鼬鼠出沒呀，但原澤同學說得也有道理。對於這種怪異現象，我們就該用現代人的方式來解釋。」

儘管遭到綾音瞪視，高槻也文風不動，只是露出和藹的微笑。

「從體內冒出針頭的怪病。這個怪病只會在工作地點發作，回到家就痊癒了。一般而言，應該是遭到霸凌或虐待吧。可能是職場同僚，或是工作地點的主人或夫人，在新入職的女工身上扎針凌虐，這種猜測也很合理吧——不過，我想到了另一種可能性。」

「另一種可能性是什麼？」

「阿梅可能是自己在身上扎針。」

聽到高槻這句話，綾音和琴子的身體忽然僵住了。

高槻臉上依舊帶著笑容。描述的內容明明陰鬱至極，笑容卻依舊燦爛。

「畢竟阿梅因為這個神祕的病症，被雇主請回家了嘛。病情痊癒後再度上工時，又在工作地點出現同樣的病症，再度停工返家。或許阿梅是想要回家休息，才會在自己身上扎針，這個推測就完全成立了。可能是無法適應職場，或是遭到霸凌，也可能是想引起周遭的憐憫。不管理由如何，被逼到極限的十四歲少女就將針盒裡取出的針吞下肚或扎在身上——我實在無法消除這個可能性。」

這時，忽然傳來一陣微弱的沙沙聲。

是綾音緊緊捏住高槻發的資料一角的聲音，出現皺摺的紙張應聲扭曲。

「……所以老師想說的是，我們是在自導自演囉？」

「是的，完全正確。」

高槻點頭同意。

綾音的臉頰立刻漲成朱紅色，在緊蹙的眉毛下方那雙氣勢洶洶的眼眸，惡狠狠地瞪著高槻。

「太沒道理了吧，我跟琴子都受傷了耶。老師，你居然說得這麼過分！」

「當然，我不認為一切都是自導自演，但至少這起事件不是稻草人偶的詛咒。」

說完，高槻將一張照片放在桌上。

那就是綾音隨報告提交的照片吧。雖然背景漆黑難以辨別，但正中央確實隱約照出了扎上釘子和針的稻草人偶。

高槻指著照片裡的稻草人偶。

「因為——這張照片是偽造的。」

高槻斬釘截鐵地斷言道。

綾音瞪大雙眼，原本漲紅的臉頰頓時血色盡失。

高槻用沉穩的嗓音繼續說道：

「這個稻草人偶，是妳自己買回來扎上釘子和針的吧？說穿了，在日比谷公園看到人偶的故事本身也是胡扯。」

「我……我沒有說謊！」

綾音大聲叫嚷，聲音出現激烈刺耳的扭曲。

尚哉皺著臉，用手摀住右耳。只要綾音撒謊就摀住右耳，這是給高槻打的暗號。

高槻瞄了尚哉一眼，繼續說道：

「如果沒有說謊，那可以說出是在公園什麼地方看到的嗎？妳說當時看完演唱會要回家，那又是什麼演唱會呢？」

「那……那種小事，我早就忘光了！那是很久以前的事！而且公園這麼大，也不記得確切位置了啦！」

綾音的聲音依舊扭曲得很嚴重，她說的每一句話都是謊言。

尚哉繼續用手摀著右耳心想，這到底是怎麼回事？

稻草人偶純屬虛構，那為什麼自己沒能察覺呢？想著想著，他立刻就發現了。

當時描述在日比谷公園看到稻草人偶的不是綾音，而是高槻。

尚哉只能聽出從本人口中說出的謊言。

如果那件事是由綾音親自描述就能察覺，但光靠他人複述的內容，根本聽不出其中的真偽。

「我可以說說當時看到這張照片的真實感受嗎？只覺得『啊啊，這是偽造的』。首先，方式錯了，把針和釘子一起扎在人偶上。現代人手邊都有可以查詢資料的裝置，若真的想詛咒他人，正常來說一定會查詢正確的做法。而且，如果選擇神社就罷了，日比谷公園這種地方也顯得太過草率。最可疑的是——這也不像是釘在樹上啊。妳可能以為背景昏暗難以辨別，但還是看得出人偶是放在地上。沒有經過影像分析，也不好斷言就是了。」

在綾音隨報告交出這張照片時，高槻就已經懷疑這是偽造的了。

仔細想想，若高槻真的相信稻草人偶的故事，綾音應該會像尚哉一樣被叫到研究室才對。而且現在回想起來，在谷中第一次聽見這個故事時，高槻對稻草人偶似乎也興致缺缺。既然懷疑照片不實，那也是理所當然的反應。

「這方面是瑠衣子同學的專業，所以也請她看了原澤同學的報告，她也同樣判定『這件事純屬虛構』，但姑且還是調查了一番。不但在網路上仔細搜索是否有其他人在日比谷公園看過稻草人偶，還跟我實際去現場調查，但結論依舊不變。除了原澤同學的說詞以外，沒有其他目擊証詞，現場也沒有任何痕跡。況且——妳當時在谷中還說『感覺就像當時那些針都回到我身上似的』吧？只有對人偶扎針的當事人，才會說出『回到我身上』這種話。」

綾音不再回嘴，用再度漲得通紅的臉瞪著高槻。

所以事實就如高槻所言吧。雖然不知道目的是拿到報告加分，吸引高槻的注意，還是單純只是想惡作劇，但這件事已經給周遭眾人帶來了極大的困擾。

——這時，尚哉忽然皺起眉頭。

方才高槻說「不認為一切都是自導自演」。

也就是說……

「好，該把重點從稻草人偶轉回針了。打從一開始，我在意的就不是稻草人偶。」

說完，高槻又把另一樣東西放到桌上。

是放在小塑膠袋裡的兩根針。

折斷的那根是綾音吐出來的，另一根是從琴子手臂上拔出來的。

「在報告裡寫了稻草人偶的事交出去後，原澤同學就發現經常有針掉在身邊。這跟稻草人偶是兩回事，但也可以說是稻草人偶的衍生故事。兩者的關聯——沒錯，就是針。」

高槻捏起塑膠袋。袋子裡的針晃啊晃的，似乎在展現其銳利的尖端。

「那天瑠衣子同學也說『這應該是某人的騷擾行為』。既然稻草人偶純屬虛構，這當然也不是真正的靈異現象。而說到原澤同學身邊和針有關的……不就只有一個人選了嗎？」

高槻面帶微笑歪過頭，像是在催促似的。

坐在他視線前方的那個人——正是琴子。

綾音用銳利的目光瞪向琴子。

琴子一句話也沒說，只是直直抬起頭看向高槻。

高槻繼續說道：

「牧村同學，妳之前跟原澤同學同屬手工藝社吧？當原澤同學偽造那個稻草人偶時，牧村同學想必也在場吧？畢竟妳們總是形影不離，說不定還一起在人偶身上扎針呢。當原澤同學偽造稻草人偶、拍下照片、把照片當成待機畫面，單純覺得好玩時——牧村同學，在一旁看著的妳其實是怎麼想的？」

高槻的目光緊盯著琴子，綾音也繼續盯著她看。

琴子輕輕嘆口氣。

看起來像是在笑一樣。

「因為……就算跟小綾說『不能做這種事』，她也聽不進去啊。」

她的語氣跟平常沒什麼兩樣，聲音一如往常沉穩乖巧又可愛。

可是——唯獨表情一反常態。

琴子是會露出這種眼神的人嗎?尚哉看著琴子，頓時毛骨悚然。那雙眼中藏著甜美的劇毒。

琴子開口道：

「稻草人偶是用來詛咒的道具吧?我也覺得把這種東西拿來玩不太合適，所以我想……不如讓她嘗嘗恐懼的滋味吧。老師，你猜得沒錯，我偷偷在小綾起身的椅面上撒了幾根大頭針，並對她說『小綾，有針掉在椅子上耶，怎麼回事?』只想稍微整整她而已。」

琴子似乎想起當時的場景，忍不住「啊哈」地笑出來。

綾音的表情越來越難看，琴子瞇起眼瞥了她一眼，繼續說道：

「不過，小綾當時真的嚇慘了呢。明明自己做稻草人偶來玩，沒想到還是會怕呢。所以我就說『說不定是扎在那個稻草人偶的針回到妳身上了』、『真的不能帶著玩心觸犯那種禁忌啦』。」

琴子的聲音沒有扭曲。

當時琴子真的對綾音說了這些話，把自己撒下的針營造成稻草人偶的詛咒。

「是啊——簡直就像詛咒。」

高槻再次拿起稻草人偶的照片說：

「稻草人偶是詛咒道具，不該當成玩具，這個觀念應該深植在絕大多數的日本人心中。所以帶著半開玩笑的心情玩弄這種東西以後，心裡或多或少都會蒙上觸犯禁忌的恐懼吧，牧村同學就是針對原澤同學這種心理。牧村同學的幾句話，讓本來只是偽造的稻草人偶成真了。原澤同學相信了這些話——本不存在的詛咒化為現實，將自己身邊經常看到針的「現象」，「解釋」為稻草人的詛咒使然。」

必須具備「現象」及「解釋」兩種元素，怪異現象才得以成立。

不明原因的現象和未知的事物都讓人恐懼，所以人類才會進行解釋。

琴子所做的，便是引導綾音相信錯誤的解釋。如果琴子當時說「是不是有人故意在整妳？」綾音應該就不會覺得這是詛咒了。

高槻繼續說道：

「可是，牧村同學，妳為什麼還繼續在朋友身邊放針呢？如果只是整整對方讓她有些害怕，鬧幾次就夠了吧？」

琴子再次閉口不語。

高槻稍稍瞇起眼。

他將視線若無其事地移向尚哉。繼續對琴子說話時，眼神也依舊停留在尚哉身上，而非琴子。

「難道看著原澤同學驚恐的模樣，妳覺得很快活嗎？平常原澤同學和妳的關係算得上對等嗎？個性較為強勢的原澤同學，地位應該比妳高一些吧？還是說——跟原澤同學交了男朋友有關？」

「不對。」

琴子的聲音此時首次變得扭曲，尚哉立刻摀著左耳。

高槻暫時中斷對話，看得出他輕輕嘆了口氣。

隨後，高槻再度緊盯著琴子說：

「牧村同學，妳和原澤同學總是形影不離。一直黏在一起，感情形同姐妹。可是上大學後，原澤同學居然交了男朋友，導致妳跟原澤同學的關係失衡崩塌。妳不容許這種狀況發生。」

「不對。」

琴子神情僵硬地搖搖頭，否認的聲音依舊嚴重扭曲。

「對妳和原澤同學而言，針應該是再熟悉不過，且充滿回憶的東西，畢竟一直都在手工藝社。妳之所以會想出在原澤同學身邊放針的方法，大概也是因為那個稻草人偶，但背後應該還隱藏這個意義吧——不准忘了我的存在。」

「不對！」

琴子三度否認的嗓音，都出現金屬般尖銳刺耳的雜音，搔刮著尚哉的耳膜。尚哉摀著左耳，整張臉皺成一團。

同時，他也開始思考在朋友身邊放針的琴子是什麼心情。

想像非得對本該最喜歡的摯友下詛咒的心情。

兩人感情非常好，好到琴子願意更改志願和綾音讀同一所大學。周遭的人甚至覺得，綾音和琴子是彼此不可或缺的存在。

簡直就像一座封閉的樂園，外人不得進入，只有兩人共築的幸福世界。琴子或許堅信這種狀態能持續一輩子。

但離開清一色全是女孩的高中，進入男女同校的大學後，情況就改變了。綾音交了男朋友。

原本對外封閉的樂園中，居然闖入連性別都不同的異生物。

當時琴子說的話一定是「太好了」吧，可能還說出「真羨慕妳，找到這麼棒的男朋友」。綾音的男友是十分體貼的學長，甚至會考量到琴子的心情，約會時也總是三人同行——但在約會期間，琴子到底是懷著什麼樣的心情？

她趁好朋友起身後，將藏在手裡的針撒在椅面或裙子上。

細小的針無法對對方造成嚴重傷害，但尖銳的針頭確實帶有威脅意味。

不准忘了我，妳只屬於我。

不能拋下我，因為我們得永遠在一起。

——若琴子真的是基於這些想法放針，那的確算是詛咒。

這是她的咒術，為了將綾音留在自己身邊。

「但原澤同學也不傻，事件發生後，她也發現放針的人就是牧村同學。」

高槻這麼說。

琴子的肩膀猛地一震，轉頭看向綾音。

綾音則一臉無奈。

「……廢話，再怎麼樣都會發現吧。」

她輕聲呢喃道。

「因為只有跟琴子在一起時，才會有針出現啊。我一個人的時候就沒事。」

「小綾……那個時候果然——在谷中的那件事……」

琴子聲音顫抖地問。

綾音點點頭。

「對，是我在谷中咖啡店的蛋糕裡放了針。我在自己的蛋糕裡放針了。」

綾音用輕蔑的語氣承認。

那個聲音完全沒有扭曲。

高槻說：

「沒錯——情況就是從那天開始變得錯綜複雜。」

那天，綾音和琴子在谷中偶遇高槻一行人後，情況就變了。

發現琴子的所作所為後，綾音沒有當面制止，而是想到將高槻牽扯進來的做法。

「這種行為會給店家添麻煩，所以其實不大妥當，但我認為原澤同學的想法相當獨創且新奇。找我商量後，將針的事件徹底定義為『怪異現象』。妳是打算把這件事當成稻草人偶的詛咒，而非牧村同學的詭計，這樣一來，就能包庇牧村同學了。」

聽到「包庇」二字，琴子再次瞥了綾音一眼。

綾音沒有看向琴子，卻也沒否定高槻的說詞。

「所以在這個前提下，原澤同學自己吞下針。真不敢相信居然做得出這種事，但這也表示妳已經被逼得走投無路了吧。原澤同學是心直口快的人，但即便是這種個性，原澤同學也無法當面制止牧村同學。與其告發朋友的罪狀進行譴責，原澤同學選擇讓自己流血，認為只要牧村同學大受打擊就會收手——牧村同學確實受到相當大的衝擊。明明不是自己設的局，為什麼原澤同學的蛋糕裡會有針呢？她應該真的嚇到了吧。」

當時看到綾音吐出針，琴子表現出的驚惶與狼狽都是真實反應，儼然是目睹真正靈異現象的表情。

「可是——想當然耳，牧村同學之後也發現那是原澤同學自導自演，但事情已經鬧大了。原澤同學找我商量，在許多人面前吐出針來，這已經不是用無傷大雅的惡作劇就能一語帶過的狀況。」

綾音的行為將琴子逼上絕路。

綾音用自己吞針的方式譴責琴子，但琴子認為，綾音這麼做的用意可能只有自己知曉。因為就現場的氣氛來看，所有人都認為這是稻草人偶的詛咒。

「所以牧村同學利用我舉辦的烤肉大會。她模仿原澤同學，為了讓原澤同學看到自己也被針詛咒的模樣，她在眾目睽睽之下——往自己身上扎了針。為了將一切都歸咎於稻草人的詛咒。」

高槻把針夾出來時，琴子曾說『我到底該怎麼辦』。

當時她的聲音沒有扭曲，所以琴子是真的不知該如何是好了。

往自己身上扎針，到底是什麼樣的心情呢？

想要解決眼前的事態，卻想不出其他法子。

綾音和琴子都親手拿針傷害自己。

這時，尚哉恍然大悟。

高槻說得沒錯。若《視聽草》中的阿梅是自己在身上扎針，或許這兩人也是抱持著相同的心情。

無法對周遭坦承自己的心情，但要是這麼做能有所改變，她們才將細小又尖銳的針刺向自己。

在某些人眼中，這是一種怪病。在某些人眼中，這是一種詛咒，是鬼怪作祟。

然而真相——或許只是如此罷了。

「……小綾。」

琴子開口喊道。

綾音轉頭看向琴子的臉。琴子一度緊閉雙唇說不出話來，似乎對綾音毫無感情的視線感到恐懼。她將原本伸向綾音的手顫顫巍巍地縮回去，低下頭後，豆大的淚水撲簌簌地掉了下來。

見狀，綾音臉上還是閃過一絲怯懦。

琴子低著頭說：

「對不起，小綾……對不起、對不起……我做了這些傻事，真的、很對不起……」

「——妳真的很傻。」

綾音輕聲低喃道。

琴子的雙肩一震。

但綾音將她顫抖的肩膀緊擁入懷。

「妳要是討厭高須學長，老實說不就好了嗎？琴子，妳真的好傻，笨孩子……不過，這些都無所謂了。」

綾音擁著琴子說：

「因為這就表示，琴子就是這麼喜歡我嘛。」

「小綾……」

在綾音懷中哭得抽抽噎噎的琴子，此時抬起頭來。

綾音溫柔地輕拍她的頭笑道：

「沒事了——琴子，我原諒妳。」

綾音看著琴子的臉這麼說的聲音嚴重扭曲。

尚哉打了個寒顫，下意識摀起耳朵。

「……深町同學？」

高槻看了尚哉一眼，尚哉沒能回應，只是茫然地看著綾音與琴子。

兩個女孩都伸手環住對方的背，緊緊相擁著。

「別這麼說，小綾。全都怪我，小綾沒有做錯任何事。」

「沒這回事，錯的人是我才對，因為我冷落了琴子的感受。」

「以後還要繼續當朋友喔？我再也不會對小綾做這麼過分的事了。」

「那還用說。我們永遠都是朋友……」

她們用極度扭曲的不和諧音交談著。我沒有懷恨在心、錯在自己身上、永遠都是朋友。

一來一往，全是謊言。

尚哉頓時頭昏眼花。

她們說的每一句都是謊話，其實什麼都沒有解決。

但她們卻緊擁著彼此，彷彿在演繹感天動地的經典場面，互相說著表面看似甜蜜溫柔的臺詞。聲音徹底扭曲變形，像是從壞掉的喇叭裡傳出來似的。

好噁心，好想吐。從耳膜入侵的扭曲聲響像是把腦漿攪得一塌糊塗，竄遍全身的惡寒止也止不住。

拜託快住手，別再讓我聽到這種噁心的聲音了。

別再逼我看清人類是隨隨便便就能撒謊的骯髒生物了。

尚哉雙手摀著耳朵低下頭。高槻雖然對他喊了聲「深町同學」，他卻覺得腦袋昏沉無法抬頭。太過劇烈的噁心感，讓意識逐漸消散。尚哉知道有人將手搭上自己的肩，聽到高槻的聲音近在耳畔。「深町同學，你還好嗎」——唯獨這個聲音沒有扭曲變形，聽起來乾淨又悅耳。

尚哉原想倚賴這個聲音努力維繫意識，卻徒勞無功。當發現自己的身體倒下時，他的意識已經墜入深深的黑暗之中了。

——尚哉醒來時，發現自己被放下躺平在摺疊椅臨時組裝的簡易沙發上。

他本想起身，卻聽見高槻的聲音。

「別急著起來，再躺一會比較好。」

儘管如此，尚哉依然試著撐起身子，結果有一塊溼答答的手帕從額頭上掉了下來，應該是高槻的吧。尚哉的眼鏡也被摘下來放在桌上。

高槻坐在桌邊，憂心忡忡地低頭看著尚哉。綾音和琴子已經離開研究室了。

「因為深町同學忽然昏倒，她們也嚇了一跳。但總之我們能干預的部分算是順利解決，就讓她們先回去了。」

說完，高槻將放在一旁的小型寶特瓶拿給尚哉。是礦泉水。

「能喝的話就喝吧，應該會舒服一點。」

寶特瓶身沾滿水滴，冰得透心涼，看來是高槻從自動販賣機買來的，尚哉心懷感激地收下喝了幾口。

「對不起，深町同學。」

高槻忽然對尚哉道歉。

尚哉也看向高槻。雖然沒戴眼鏡，但視野並沒有模糊到難以辨識。其實那副眼鏡的度數不深，畢竟只是想要隔著鏡片看世界才戴上的眼鏡。

高槻眉毛往下垂，用萬分歉疚的表情看著尚哉。如果他是狗，耳朵可能已經垂下來了。

「對不起難為你了。可是今天的『驅邪儀式』一定要你在場，需要你鑑別謊言的能力。」

「……為什麼？」

「因為她們需要真相。」

高槻說：

「她們面臨的詛咒，源自於不肯向彼此坦白真心，所以必須將真相擺在眼前……雖然我隱約能推測出她們之間的糾葛，但終究也只是推測，而非正確答案。我不擅長辨察人心，現場又絕對不能出差錯。因為我知道，就算用錯誤的推測強行推進，她們也不會敞開真心。」

所以高槻才會看著兩人的反應揀選詞彙，並觀察尚哉的反應，確認自己的推測是否正確，再加以補強。

「可是，沒料到鑑別謊言對你來說是這麼重的負擔……吶，深町同學，如果猜錯了先跟你道歉，但我差不多是時候想知道關於你的真相。」

說完，高槻稍稍往尚哉探出身子。

「其實你——不是透過對方的態度或言詞，只要聽見聲音，就能聽出對方在說謊吧？」

被他這麼一問，尚哉心想「啊啊，還是被看出來了」。

他一定早就知道了。這麼敏銳的人怎麼可能沒發現呢？

所以尚哉輕輕點頭示意。

高槻低喃一句：「這樣啊，果然沒錯。」

「聽聲音就能辨別謊言，是什麼感覺？」

「聲音……聽起來會扭曲變形，就像加了亂七八糟的特效，所以聽起來很不舒服。」

「是嗎？但你這種奇特的聽力並非天生吧？」

高槻問道：

「是不是有某個契機，讓你獲得這種能力？」

高槻提問的嗓音非常和藹，又輕又柔，能聽出說話時也在顧慮尚哉的心情。

尚哉一度閉口不語。

彷彿有某種東西從喉嚨深處狂湧而上，又熱又痛的某種情緒填塞著喉頭和胸口。尚哉知道自己好像快要哭了，因為高槻的聲音太過溫柔，讓他想將一切託付給這個聲音。

「十歲那個祭典的夜晚。」

一開口，話語就自然而然流洩而出。

感覺很像血液從迸裂的傷口不斷湧出，自己早已無法阻擋。

「就是寫在報告上的那件事。十歲參加祭典的那一晚，就是一切的起因。」

「嗯，我在聽，全都說出來吧。」

高槻點點頭。

於是尚哉開口了。發燒無法參加祭典的那一天，在深夜聽見太鼓的聲音，獨自一人跑到那個盆舞的會場。

連沒寫在報告上的事，全都說了。

「在盆舞會場上，有人抓住我的肩膀。回頭一看，發現是個戴著火男面具的男人——他對我說『——你在這裡做什麼？』，還說『這裡不是你該來的地方』。那是……祖父的聲音。」

沒錯，那個人就是祖父。

雖然臉被面具擋住，但尚哉立刻就發現了，那是他最愛的祖父。

「是好幾年前就過世的祖父。」

正如高槻所說，那是亡者的祭典。那個會場裡的人應該都是亡者。

尚哉明明是活人，卻不小心誤闖祭典，這種行為是不被允許的。

所以尚哉——付出了代價。

如果當時沒這麼做，恐怕就不會讓他離開會場了吧。

「我被帶到攤販前選糖果。有蘋果糖、杏子糖和黃金糖。」

那個時候祖父說：

選擇蘋果糖，你會失去步行能力。

選擇杏子糖，你會失去言語能力。

選擇黃金糖——

「『選擇黃金糖，你會變得孤苦無依』——祖父是這麼說的。」

「孤苦無依……？」

「對，當時我根本不懂何謂『孤苦無依』，只知道是一個人的意思，所以毫不猶豫地選了黃金糖，因為很害怕失去步行或言語能力。然後，祖父要我當場吃掉糖果，之後就沒有記憶了。醒來後，已經回到被窩裡。」

在那之後，尚哉的耳朵就能聽出謊言。

就算選擇其他糖果，或許也會獲得另外一種能力。雖然失去步行或言語能力，卻可能會衍生出別的能力。

但這樣也不算什麼好事。

若要問為什麼，因為這是他犯罪的懲罰，觸犯了活人闖入亡者祭典的禁忌。

必須付出的代價絕對不容小覷。

「人真的一天到晚都在撒謊，而且也不喜歡被揭發……當時我畢竟只是孩子……根本不明白這一點。一發現對方撒謊，就會說『你剛才說謊了耶』。」

說謊一事被揭發後，每個人都不給他好臉色看。

不僅如此，還被痛罵過「少胡說八道」，也曾被反過來說「說謊的人是你吧」。

在那之後，漸漸地——大家開始和尚哉保持距離，還被抨擊「那傢伙真恐怖」。後來他就不喜歡甜食了。每次想起纏繞舌尖的黃金糖甜味，都會感到無比後悔。要是當時沒去那個祭典就好了——這個想法總會浮上心頭。

「最慘的就是我父母那時候……我國一的時候，父親外遇了。他謊稱出差，其實是去其他地方跟女人幽會。母親雖然沒有當面說破，但應該很早以前就發現了。某天父親說『明天要出差』時——我不小心偷偷說了一句『騙人』。」

父親和母親當下的表情，尚哉可能一輩子都忘不掉吧。

他們瞪大雙眼，用極度僵硬甚至有些扭曲的臉看著尚哉。

當時他們就發現尚哉有鑑別謊言的能力了。

母親對父親的外遇原本只想睜隻眼閉隻眼，尚哉當時那句話卻讓這個祕密「成真」了。父親堅守已久的謊言就這麼一舉崩潰。

「……他們沒有因此離婚，但有一陣子他們夫妻的感情幾乎降到冰點。總而言之，他們決定繼續維持這個家，可是……」

至此，尚哉忽然說不出話來，又喝了一口瓶裝水。

高槻始終專注地聆聽尚哉的描述。

尚哉繼續說道：

「可是，他們在我面前也幾乎不說話了。」

所有謊言都會被兒子聽出來。

父母發現這一點後，究竟是什麼心情呢？

假如他們撒謊，兒子就會難受地摀著耳朵。這樣一來，不只是兒子，連外人都會知道他們在撒謊。

那只要接下來的人生中別再說謊就好了，這樣就不會有任何問題。

然而人類是會撒謊的生物。幾乎不需要意識到，就能若無其事地扯出謊言。永不說謊的生活，簡直是難如登天——那在懂得分辨謊言的兒子面前，只能盡可能不說話了。

父母或許是這麼想的吧。

這也是尚哉早早離家的理由。想當然耳，父母也馬上就答應讓他在外獨居。家裡有這種兒子，父母應該覺得難以喘息吧。

「我終於明白祖父說的『變得孤苦無依』是什麼意思了。一旦知道我聽得出謊言，就沒有人想留在我身邊，畢竟連父母也不例外。」

所以——既然如此，那不如一開始就孤單一人。

不想聽到討厭的聲音，就在耳邊播放音樂。用隔著眼鏡的視野，將世界隔絕在鏡片另一頭。在自己身邊拉起禁止進入的線，外人無法入侵，自己也不往外踏。

「我……我也不想聽到人們說謊的聲音，不想待在撒謊的人身邊。長時間聽那種扭曲的聲音，非常痛苦……人們知道謊言被發現後，還會用看到妖怪的表情看著我，真的很……」

——選擇黃金糖，你會變得孤苦無依。

是啊，真的變成這樣了。

尚哉的視野變得模糊，他粗魯地用手揉擦眼角，覺得真是沒用，都已經是大學生還哭哭啼啼的，但眼淚卻停不下來。

第一次將這些事毫無保留地說出口。

其實一直想找個人傾訴吧。

真的好想把這些事說給別人聽。

找個願意傾聽的人，願意相信他的人。

「——用手帕擦一擦吧，雖然溼答答的。」

高槻這麼說。

同時，他也將溫暖的大手輕輕放到尚哉頭上。

「謝謝你告訴我……幸好有聽你說這些事。」

尚哉用剛才還蓋在額頭上的高槻的手帕擦去眼淚，但眼淚還是不停掉出眼眶。

「雖然不像深町同學擁有辨別謊言的能力——但我認為你說的話毫無虛假。我相信你。」

高槻用沒有扭曲的乾淨嗓音如此說道。

「我一直對你很好奇，因為你幾乎都是單獨行動，在教室上課時是如此，在校園裡看到時也是如此。起初以為你可能不想跟別人有所牽扯，或是討厭人類，但實際聊過以後，才發現你比想像中還要貼心，也很會照顧別人。但你給人的感覺，卻像是刻意留心不能跟別人扯上關係……原來背後藏著這樣的理由啊。」

高槻的大手溫柔地撫摸尚哉的頭。

尚哉明明覺得自己不是小孩子了，希望高槻別做這種事，但不知為何，卻也不打算揮開他的手。

「深町同學，既然你不喜歡，我可以發誓以後在你面前絕對不會撒謊。所以——可以答應我一件事嗎？」

「……什麼事？」

「希望你以後也能留在我身邊。」

高槻這麼說。

尚哉抬起頭看向高槻，緩緩眨了眨眼睛。

染上夜空色彩的那雙眼眸靜靜地凝視著尚哉。高槻的眼裡藏著昏暗無垠的真實夜空，讓人以為仔細看或許能看見星辰閃爍的光芒。

啊啊，這個人到底是何方神聖呢？這個不合時宜的疑問湧上尚哉的心頭。

從這雙藏著夜空的眼眸看出去的世界會是什麼模樣？自己在這雙眼中又是什麼模樣？

「……你不覺得我很噁心嗎？」

尚哉再次拋出先前問過的這句話。

高槻的嘴唇揚起微笑的弧線。

笑容藏著一絲苦澀，跟他以往那種燦爛的笑截然不同。

「如果有人覺得你很噁心，那個人應該也覺得我很噁心吧。」

「什麼……？」

這話是什麼意思——尚哉還來不及詢問，高槻就開口了。

「——吶，深町同學，以後我們就一起解開你身上這些怪事的謎團吧！」

他用平常那種充滿好奇的興奮口吻說道。夜空色的眼眸變回深棕色，臉上也浮現出宛如燦爛晴空的笑容。

高槻向尚哉探出身子，像小孩般晃著雙腿說：

「雖然不知道你的耳朵能不能恢復正常，但我們一起找出你參加的那個祭典的真相吧。所以，我真的很希望你能留在我身邊！吶，不行嗎？可以吧？」

尚哉頓時傻在原地，再次眨眨眼。能感覺到原本掛在睫毛上的一滴眼淚被眨了下來。

他心想，啊啊，這個人就是這樣。

真是個難以捉摸的人——但這張宛如黃金獵犬的笑容，確實是尚哉熟悉的高槻的表情。

「……如果去了那個祭典，老師也要付出代價。」

聽到尚哉這句話，高槻就眉開眼笑地說：

「沒關係，到時候我會做出跟深町同學不一樣的選擇。」

「覺得你還是打消這個念頭吧。」

說著說著，尚哉也跟著笑了起來。總覺得如果是高槻的話，或許真能解開這個謎團。總有一天，真的能釐清當晚那些事情的真相。

尚哉將放在桌上的眼鏡重新戴上，本想把握在手裡的手帕還給高槻，但還是作罷。

「呃，這個……洗乾淨之後再還你。」

「咦？沒關係啦，不必在乎這點小事。」

高槻伸出手，尚哉卻將手帕塞進口袋。剛才擦眼淚的時候，好像連鼻水都沾上去了。

「但以後不能再把深町同學當成測謊機了，沒想到你會這麼難受。這次是我做錯了，真對不起。」

「……不，別這麼說。稍微幫點忙其實無所謂。」

說完，尚哉發現高槻準備的資料還留在桌上，看來那兩人沒有帶回去。也對，她們應該沒心情看吧。

「——她們以後會變得怎麼樣呢？」

尚哉嘀咕了一句，正在整理資料的高槻回頭問道：

「怎麼說？」

「因為她們一直在對彼此撒謊啊，連『永遠都是好朋友』這句話也是騙人的。未來真的還能繼續做朋友嗎？」

「嗯……誰知道呢。」

高槻將收回手中的資料疊放整齊並說道：

「說不定這份友誼會出乎你的意料，得以順利維持喔。女人的精神構造比我們男人複雜多了。就算不能完全如同以往，應該還是感情融洽的朋友。」

「是嗎？」

「嗯。因為——至少她們還會為對方著想啊。」

「明明說謊了耶？」

「就因為說謊了。」

尚哉疑惑地歪過頭，不懂高槻這話是什麼意思。

高槻將整理好的資料塞進書櫃的檔案夾裡，同時說道：

「我說啊，深町同學……我認為必要的謊言無可厚非。」

「必要的謊言？」

「沒錯，為了對方著想的謊言。」

高槻露出一抹微笑。

「舉例來說，有個孩子還小的母親感冒了，不但發燒，身體也很不適。小孩當然會擔心地問『媽媽，妳還好嗎？』而媽媽應該會回答『我沒事』吧。其實已經燒到三十八度以上，根本不可能沒事，她也不想讓孩子擔心受怕。」

這的確是謊言，與現實不符。

但尚哉大概能懂高槻想表達什麼。

「那兩人應該也一樣。其實大可用互罵的方式收尾，但這麼做不只會傷害對方，也會傷害自己。為了和平收場，不讓對方受傷害，她們才會刻意說謊。」

這是高槻的解釋。

得知當時她們說的全是謊言後，高槻為這個現象添上了理由。雖然不知道這個推測是否正確……

不過——尚哉覺得這樣解釋也不賴。

高槻之前曾經說過，重要的是如何解釋現象。既然如此，選擇相信高槻這個解釋或許也不錯。

與其解釋成兩人之後將面臨最糟的結果，這樣讓人心情舒坦多了。

「深町同學，我要去教務處辦點事，你可以留下來再休息一下。感覺好一點後就直接回家吧，不必顧慮我。不用鎖門沒關係，我之後再鎖。」

說完，高槻就留下尚哉離開研究室。

雖然感覺已經好多了，尚哉還是決定承蒙高槻的好意多休息一會。高槻的研究室瀰漫著舊書店的氣味，安安靜靜的，待起來相當舒適。

尚哉再次躺在摺疊椅組成的簡易沙發，閉上雙眼。

後來好像又睡了一陣子。

聽到「喀嚓」的開門聲，尚哉才忽然驚醒，連忙撐起身子。

原以為是高槻回來了，結果盯著他看的人是瑠衣子。她今天戴的不是隱形眼鏡，而是一般眼鏡。

「咦？深町同學你在這啊～怎麼了，不舒服嗎？」

「……對，我剛剛……有點頭暈，老師要我留下來休息。」

「這樣啊。不好意思，我是不是把你吵醒了？之前聽彰良老師說今天要解決那兩個女學生的事，有點好奇才過來看看。所以已經結束了嗎？」

「結束了。」

「結果如何？有演變成互毆或互甩耳光的爭執嗎？」

「沒有，基本上算是圓滿收場……吧。」

「原來如此～本來就覺得會用這種方式解決啦～畢竟彰良老師很溫柔嘛。」

瑠衣子這麼說，並走向書櫃，用手指滑過書背，抽出幾本書。應該是順便來借資料吧。

聽到瑠衣子這番話，尚哉老實地點點頭。

「高槻老師……真的很溫柔。」

原以為綾音和琴子極有可能以完全不同的方式解決這件事。就結果來說，她們雖然撒了謊，卻還是在為對方著想的前提下結束這起事件，但就算演變成瑠衣子說的互毆互甩巴掌的爭執也不足為奇。

為了不讓悲劇發生，高槻對於引導兩人的用字遣詞相當斟酌。他點出綾音的行為是為了保護琴子，還說兩人都被逼到走投無路。

……自己有沒有好好幫上高槻的忙呢？尚哉不禁這麼想。

雖然最後還是昏倒了，但如果在高槻為兩人施展的「驅邪儀式」中，尚哉的這個聽力確實有派上用場的話——或許還是件有些令人開心的事。

過去只帶來麻煩的這個能力，如今卻能以正確的方式得到重用。

「對呀～彰良老師真的像天使一樣溫柔……搞不好真的是天使呢。」

瑠衣子將抽出的書本抱在懷裡，有些感慨地低語著。

聽到這句話，尚哉差點噴笑出聲。

「呃，什麼天使啊……學姐，沒想到妳還有少女心呢。」

「才沒有呢！不是啦，因為我——之前看到了。」

「咦？看到什麼？難不成是翅膀嗎？」

尚哉苦笑著這麼說。瑠衣子原本想說些什麼，卻忽然緊張地閉上嘴巴。

她看看周遭，甚至探頭往門外看，確認走廊上沒有人之後，才又走了回來。

瑠衣子和剛才的高槻一樣坐在桌邊，將眼鏡往上推，用彷彿要揭曉世界上最高機密的語氣說：

「——那個，這件事絕對不能說出去喔。」

「什、什麼事？」

「我之前，看過彰良老師的背部。」

「背、背部？學姐，妳什麼時候看到的？」

「不、不是我逼他脫衣服的喔！去年跟彰良老師一起出席研討會的時候，居然碰上一場傾盆大雨！」

瑠衣子面紅耳赤地說。看來她果然比想像中還要少女。

「我跟彰良老師都沒帶傘，兩個人都淋成落湯雞。當時是夏天嘛，我只穿一件襯衫，衣服都溼透了……老師馬上就發現這件事，把自己穿的外套脫下來披在我身上。喏，畢竟老師很紳士嘛。」

當時的雨勢真的太強，高槻連襯衫都溼得一塌糊塗，甚至能透過溼淋淋的襯衫看到裡面的肌膚。

瑠衣子說，那個時候她不小心看到了。

高槻背上有兩道長長的傷疤。

位置就在背部的左右兩邊，是從兩側肩胛骨一路延伸到腰骨附近的巨大傷痕。

「簡直就像——翅膀被切下來的傷痕一樣。」

所以老師可能真的是從天上墜入凡間的天使喔——瑠衣子一臉嚴肅地這麼說。

第三章　神隱小屋

暑假結束後，學生們又重返校園。

不過，該說不愧是大學生嗎？還是有些厲害的學生會用一整個九月到海外旅行。暑假結束後的第一堂課幾乎都沒什麼人，出席的學生也都尚未擺脫暑假的氣息，個個一臉恍神。

即使是高槻的課堂也不例外。看著坐在教室裡的學生只有平常的一半，高槻不禁苦笑。

「啊～大家都還沒從夏日的大冒險回來啊……也罷，每年都是這樣。今天來的人不多，就不像以往那樣分上下篇，來上一堂課就能說完的主題吧。今天的主題簡單直白，就是『神隱』！來，發講義囉～」

把講義傳給後方座位的學生時，尚哉順便往教室內一瞥，便看見綾音和琴子的身影。她們還是坐在一起，看來這份友誼並沒有消失。

確認講義傳到最後一排後，高槻再次開啟話題。

「所謂神隱，就是有個人某天忽然不見，簡單來說就是行蹤不明或失蹤，古代人認為這是神明做的好事。原本好好的人忽然失去蹤跡，真是不可思議，一定是被神明藏起來了……類似這種感覺。兒童失蹤的案例特別多。現在雖然也有很多起綁架案件，但古代的擄掠情況更是嚴重，而人們都認為是神明或妖怪搞的鬼。比如資料①的圖。」

高槻說的資料①的圖有些難以辨識，彷彿小孩的塗鴉一般。整體特徵為二頭身，幾乎拖到地面的黑色長髮，宛如臉上黏著一根木棒的長鼻，還有裂到耳際的血盆大口。這不是高槻自己畫的圖，而是記載於《視聽草》的妖怪。

「在天明元年的夏季到隔年這段期間，這個妖怪在奧州會津到象潟……也就是福島縣至秋田縣這麼大的範圍內，擄走許多十五歲以下的少年少女。最後雖然被獵師擊斃，真實身分依舊不明。不過這個誇張的長鼻，是不是很像某個知名的妖怪呢——沒錯，簡直就像天狗。其實啊，天狗擄人的故事也是多不勝數喔。」

高槻繼續說道：

「資料②上的《想山著聞奇集》，收錄了美濃國的少年在洗澡時被天狗擄走的故事。資料③的《街談文文集要》，則收錄了一名年輕人被天狗從京都綁到江戶的故事。根據內容記載，文化七年七月二十日的晚上八點左右，有個全裸的年輕人茫然地站在淺草馬道。」

聽到「全裸的年輕人」這個衝擊性十足的關鍵字，教室裡一陣騷動，其中還夾雜著笑聲。

高槻也揚起嘴角，笑著繼續說道：

「這位住在京都的年輕人名叫安次郎，二十五歲。安次郎兩天前曾至京都的愛宕山參拜，當時有名老僧對他說『讓你看個有趣的東西』。現代人應該從小就被告誡不能跟陌生人走，但安次郎還是跟著老僧過去，後來就記憶全無了。回過神來，才發現自己站在淺草，連兜襠布都沒穿——那麼，為什麼當時的人會認為這是天狗搞的鬼呢？其實安次郎並非全裸，他只穿著一雙足袋。用現代的說法就是全身裸體卻穿著襪子，但他的足袋居然沒有沾到一點泥。當時要從京都到江戶根本不可能只花兩天，而且腳還如此乾淨，那勢必就是『從天上飛過來的』。因為天狗有翅膀嘛，所以那名年輕人一定是被天狗帶著飛過來的——當時的人做出了這樣的解釋。」

高槻流利地說著，聲音依舊柔和，聽起來舒適又悅耳。

說到開學後第一堂課，也是有很多學生會睡掉大半節課，但現在每個學生都在認真聽講。畢竟說的是「被天狗擄走」這種光怪陸離的內容，與其說是在探究學問，大家應該只是單純覺得聽著有趣吧。

「不過，有沒有人覺得很奇怪，為什麼天狗經常和失蹤事件扯上關係呢？在日本妖怪中，天狗也算是相當知名的一種，除了剛才故事中提到的愛宕山，京都的鞍馬山天狗也相當出名。而且，當時的人似乎認為天狗有他們自己的世界。天狗的世界，也就是異界，是與我們人類居住的世界不太一樣的地方，他們猜測被擄走的人都在那裡——其中也有能在天狗與人類世界來去自如，擁有天狗世界知識的人。資料④山崎美成的《平兒代答》，和資料⑤平田篤胤的《仙境異聞》中登場的寅吉少年就是如此。被天狗綁架後在其手下工作了好幾年的少年，向人類展示在天狗世界學習的知識，回答各式各樣的問題。比如神道與佛教的異同、天狗世界的故事、疾病的治療方法等等，內容五花八門。其中也有一些奇怪的問題，有人問他長出來的鼻毛為什麼不能拔，還有人想要仔細打聽他侍奉的天狗師傅的料理食譜，內容相當有趣。有時間的話，請各位務必翻閱看看。」

高槻背對學生寫起板書，被西裝外套包裹的直挺背脊也動了起來。看著他的背部，尚哉忽然想起瑠衣子前幾天說的話。

——她說，高槻背上有兩道巨大的傷痕。

簡直就像翅膀被切掉一樣。

會從此聯想到天使的瑠衣子，或許還是很有少女情懷。說到底，如果真的被切斷翅膀從天而降，那就不是天使而是墮天使，應該算是惡魔了吧。

思及此，尚哉覺得自己很傻。總不可能會有這種事吧。

講臺上的高槻面帶微笑地繼續上課，看起來就是人類的模樣，事實應該也是如此。不過，他身上的確有種與現實脫節的感覺。

但既然如此——當時高槻說的那句話又是什麼意思？

參加亡者祭典的代價，就是得到這個能鑑別謊言的聽力。當尚哉問高槻會不會覺得很噁心時……

那時候高槻的回答是——

如果有人覺得尚哉很噁心，那個人一定也會覺得高槻很噁心。

那句話到底是什麼意思呢？

尚哉一直沒找到機會問清楚，暑假就這麼結束，大學也開學了。

高槻用跟第一學期差不多的方式上課，在下課鐘響起的同時放下粉筆。

「那今天就上到這裡吧，下禮拜再聊聊其他主題。下課。」

結果這次的神隱主題談了天狗、綁架，又延伸到現代的失蹤事件才結束。比如過去為了確保勞動力經常有小孩子被拐走，還有天狗強擄美少年當成自己的稚兒[3]等等，話題像平常一樣跳來跳去，但最後還是能下結論完美收尾，真的很厲害。

收拾書包離開教室後，尚哉正在考慮要不要去圖書館時，口袋裡的手機發出震動。拿出手機一看，發現是高槻傳訊息過來，內容寫著「又有打工機會了，有空的話就來研究室吧」。

尚哉心想，看來第二學期的生活基本上也是這樣了吧，並將目的地從圖書館改為研究室大樓。

3 古代寺院中帶髮修行的少年，通常會與僧侶發生不正當的性關係。

來到高槻的研究室後，尚哉看到桌上放著好幾盒看似伴手禮的零食。

「這是什麼？」

尚哉開口問道，高槻用難掩雀躍的表情打開最中餅的包裝。

「研究所那些學生從早上就陸陸續續帶暑假的伴手禮過來。大家都知道我喜歡吃甜點，所以收到好多零食喔！」

說完，他滿心愉悅地吃起最中餅，看起來果然不像墮天使。

桌上放著五盒零食，數量還不少，看來高槻指導的研究生都很仰慕他。今天高槻桌上的馬克杯裡總算不是熱可可，而是焙茶。

「深町同學，要喝咖啡嗎？那邊還有米菓，你可以吃喔。」

高槻起身走向咖啡機。在那幾盒零食旁邊，確實放有裝著米菓的袋子。

「啊，對了，深町同學，下次帶個專用的杯子過來。」

「咦？」

「不然就直接把這個大佛杯當成深町同學的專用杯吧。既然之前這麼愛用，我就開開心心地送給你吧。」

高槻拿起每次負責盛裝尚哉咖啡的迷幻大佛馬克杯，如此提議。

「呃，哪有很愛用啊……不必準備專用的杯子啦。」

「咦～因為你經常來研究室嘛。也決定要主修民俗學了吧？」

「我還沒決定啊。」

「咦？」

拜託別用大受打擊的表情轉頭看我好嗎？

「深、深町同學？你不打算主修民俗學，加入我的研究室嗎？」

「就說還沒決定了。之前瑠衣子學姐也說過這種話。」

「這、這樣啊……唔嗯……也罷。不管深町同學要主修英語文學還是日本史，只要願意來我這裡打工就行……」

高槻口中念念有詞地替尚哉倒了一杯咖啡。看來他跟瑠衣子一樣，早就認定尚哉會加入高槻的研究室了。

接過裝著咖啡的馬克杯後，尚哉再次看著高槻問道：

「所以今天的打工內容是什麼？」

「啊啊，嗯，其實我收到這樣的委託。正好跟今天的上課內容有關，時機正好呢。」

高槻打開筆電讓尚哉過目。

「委託人是住在調布市的高二女生，說朋友被神隱了。我想去找她聊一聊，你要一起來嗎，深町同學？」

「哦……好啊，沒問題。」

尚哉接下這份打工，心想，沒想到現代社會還會發生這種離奇事件。

提出委託的女高中生，名叫水谷夏奈。

他們約星期日下午在調布站前的咖啡廳碰面。穿著西式制服的夏奈一看到高槻，就微微舉起一隻手示意。她有一頭棕色長髮，臉上帶著淡妝，感覺就像時下的女高中生。

高槻和尚哉在夏奈對面坐下後，夏奈盯著高槻看了一會，開心地搖晃雙腿說：

「啊，你們好～我是寄信的水谷夏奈～哇啊，真的好帥喔～天啊～可以讓我拍張照嗎～？」

「妳好，我是青和大學的高槻，這位是我的學生深町同學。拍照有點不方便呢。」

夏奈拿起手機徵求許可，卻被高槻婉拒了。

夏奈有些不滿地說：

「咦？為什麼啊～？我又不會上傳ＩＧ。」

「嗯～看到女高中生和大學老師談話的場面，有些人會產生奇怪的誤解嘛。今天我是來和水谷同學談正事，所以就別做這些朋友會有的互動吧。」

「嘖……真無聊耶～」

夏奈嘟起嘴抗議道，但看到高槻露出微笑，就立刻消氣並收起手機。尚哉心想，帥哥這種生物真是到哪都能如魚得水。光靠一個笑容，就能像施展魔法般讓對方心情好轉。

高槻和尚哉點完餐後，夏奈用吸管攪拌手邊的冰紅茶，並直盯著高槻瞧。

「……吶~你真的相信我說的話嗎？」

「不相信的話，就不會來赴約了。」

高槻這麼說。

「雖然還是得先問清楚才能掌握來龍去脈，但至少我覺得不是在惡作劇，所以才想實際聽妳說說看。」

「哦……還以為大人不會把我的話當一回事呢。」

「啊~畢竟我經常被別人說『身體和頭腦是大人，內心是小孩』嘛。」

「什麼啊。」

夏奈噗哧一聲笑了出來。

隨後，她的神情變得有些不同，也端正坐姿。

面對這兩個初次見面的人，剛才她果然還是有點緊張吧。只見夏奈收起略顯刻意的興奮態度，一臉嚴肅地看向他們。

「——那個，我朋友在暑假尾聲的時候，被神隱了。」

那個朋友是夏奈學校裡的朋友，雖然不同班，但和夏奈同屬管樂社，名叫松野紗雪。

「啊，先把話說在前頭，紗雪已經被尋獲了，只失蹤兩天而已。不過……失蹤的狀況有點奇怪。」

夏奈以這段開場白開啟話題。

「我們學校在暑假期間也經常有社團活動要忙，又要參加補習班的夏季課程，根本沒時間玩樂。但紗雪總說難得放暑假，還是想做點什麼留下回憶。可是海邊很遠，泳池又人滿為患，當問她有什麼想法時……紗雪說『那來玩試膽遊戲吧』。」

夏奈直覺認為紗雪要去鬼屋，有很多遊樂園正在舉辦夏日限定的特別活動，推出比平常更加講究的鬼屋。

但紗雪似乎不是這個意思。

「她說『不是遊樂園的鬼屋啦，是更真實的，不用花錢的那種』……我聽不懂她在說什麼，一問之下，才知道紗雪家附近的山裡有一棟廢棄住宅。那裡好像有鬧鬼的傳聞，她想半夜闖進去探險。」

高槻苦笑著說道。

「啊啊，這種冒險方式有點幼稚呢，還會觸犯非法入侵民宅的法律喔。」

夏奈的五官微微一皺，雙手環在胸前，用力將身子往椅背靠。

「我當時也是這麼說的！說『這樣是違法的耶！』。」

但紗雪卻不肯罷休。

紗雪笑著說「沒事沒事，來玩啦」。聽說她家附近也有其他人會去那棟房子試膽量。

即便如此，夏奈還是不願意，於是紗雪說「好啦好啦，既然夏奈會怕，就不勉強妳了」，還說「沒關係，我一個人去」。

「——當時我應該要卯起來阻止她才對。」

至此，夏奈的聲音忽然顫抖起來。

她的嗓音和神色都反應出強烈的後悔，繼續娓娓道來：

「可是，當時我卻對她說『是是是，就一個人好好享受吧！』，還說『我要確認妳是不是真的去了，要記得拍照喔，可以的話乾脆錄影！』……盡是這種煽風點火的話。」

「所以，紗雪同學真的自己去試膽了？」

聽高槻這麼問，夏奈輕輕點頭。

隨後，紗雪就消失了。

紗雪說會在廢屋裡用LINE實況轉播，要夏奈不准睡覺乖乖等她。當晚夏奈只收到「**我要出發囉**」這則訊息，就再也沒有聯絡，所以她只覺得，紗雪還是認為這麼做太蠢，最後放棄了吧。

豈料隔天一早，就得知紗雪昨晚行蹤不明。跟紗雪同班的社團成員傳LINE給她，紗雪的爸媽也打電話來問『我女兒昨晚沒回家，有什麼頭緒嗎？』。紗雪昨晚說要去超商，深夜離家後就沒有回去了。

夏奈本想將紗雪去試膽這件事告訴她的爸媽，但正準備打電話時，卻猶豫了。

「因為，要是之後馬上就平安尋獲紗雪，我擔心她會被痛罵『玩什麼試膽啊，盡做些傻事』……」

「嗯～這個判斷可能不太正確。這種時候最好還是趕緊告訴大人喔。」

「我當時也考慮很久啊！……所以在告訴紗雪爸媽之前，決定先去那棟廢屋確認看看。說不定紗雪在裡面昏倒了呢。」

「妳該不會一個人去吧？」

「嗯……啊，當然是大白天去的，天色還很亮的話就不會怕。」

她有從紗雪口中大略得知廢屋的所在位置。

去了以後，當地確實有棟形象大致符合的住宅。荒廢破敗的住宅外觀看起來真的很恐怖，但一想到紗雪可能還在裡面，就覺得不能放著不管。

當時附近杳無人煙，夏奈心想，現在偷偷往屋內看一眼，應該不會被抓包吧。

總之下定決心要從庭院窺探內部狀況，將手搭上大門時。

後面忽然傳來一聲：「妳來我家做什麼？」

夏奈回頭一看，發現是個身穿黑色運動服，拿著超商提袋的男人。

打從心底認定這裡沒人住的夏奈，嚇得差點要跳起來了。雖然連忙低頭道歉，男人還是用非常可疑的表情盯著她看。

所以夏奈問他：「其實我朋友在這附近走失了，你知道些什麼嗎？」

男人歪著頭說「沒聽說耶」。紗雪失蹤的消息沒有鬧上新聞，不知道也是正常的。

但那個男人的下一句話，卻讓夏奈無法理解。

「『但過世的奶奶曾經說過，這一帶常常發生神隱事件，勸妳也小心為妙』、『如果妳朋友也被神隱了，過一陣子應該就會在某個地方悄悄現身，不必擔心』——他說了這些。」

結果真如男人所說，紗雪被平安尋獲了。

隔天晚上，紗雪倒在離她家很遠的八王子路上，發現的人也立刻報警。

由於當時紗雪意識不清，被立即送往醫院。雖然沒有明顯外傷，但她的記憶模糊，連失蹤期間身在何處都不曉得。紗雪出院後，夏奈試著問記不記得試膽的事，她卻連這件事都忘了。紗雪的父母原本懷疑她被灌酒，但在醫院接受檢查時，也沒有出現酒精反應。

紗雪忽然消失無蹤，又忽然被找回來，只能猜測真的碰上神隱了。夏奈的爸媽聽到消息後，甚至也說「根本就是被神隱了吧」。

「紗雪已經平安歸來，所以事到如今應該也不必追究原因，但我還是有點在意。」

說完，夏奈便看向高槻。

「吶，老師，世上真的有神隱嗎？被神隱的這段期間，那個人會變得怎麼樣？是不是很痛苦、很難受？你能查出紗雪當時到底發生什麼事嗎？如果可以的話，拜託一定要查清楚！」

「——呃，在這之前，我可以先說句話嗎？」

高槻稍稍舉起一隻手這麼說，想要阻止越說越激動的夏奈。

夏奈暫時閉上嘴巴，疑惑地眨眨眼睛。

「什麼？」

「我想說——紗雪同學會失蹤，並不是妳的錯。」

高槻直盯著夏奈，用溫柔的嗓音說道。

夏奈的肩膀猛地一震。

她纖長的睫毛顫抖著，視線有些游移不定，彷彿在逃避高槻的眼神。再次開口時，夏奈的聲音震顫不已，透露出無比驚慌。

「……可、可是，要是我那時候全力阻止，紗雪、紗雪就不會……」

「紗雪同學說要去試膽的時候，妳已經勸阻過『不能這麼做』了。不接受勸阻仍執意獨自前往的人，是紗雪同學。或許是朋友間的意氣用事讓她無法中途抽身，但妳也不需為此背負責任。」

高槻這些話，彷彿是在溫柔地說服夏奈。

夏奈放在桌上的雙手握得死緊。

她的表情有些扭曲，彷彿下一秒就要哭出來了。在湧上眼眶的淚水即將落下的那一刻，夏奈低下頭，「啪答啪答」滴落的眼淚在桌上印出痕跡。

見狀，尚哉心想，啊啊，她是真的覺得該負起責任吧。

甚至還特地寄信找高槻商量。事件本身雖然已經告一段落，但夏奈的心情似乎還沒有整理好吧。

「而且，我的確也很好奇紗雪同學當時發生什麼事。雖然還不確定這是不是神隱，但我會調查看看。」

聽到高槻這句話，夏奈用小方巾按著眼角抬起頭來。

「你願意幫我？……真的嗎！」

「嗯。如果真的是神隱事件，我也很感興趣啊。」

說完，高槻露出一抹微笑。

看著高槻的笑容，尚哉覺得有點不對勁。

平常聊到這裡的時候，高槻應該會進入那種「沒常識模式」才對。不僅會喋喋不休地大聲嚷嚷「聽起來很有趣耶」，就算給夏奈一個擁抱也不足為奇。為了阻止他脫序的行為，甚至需要尚哉這個常識擔當坐在旁邊。

但今天卻沒出現這種反應。

當高槻表現得興趣缺缺時，就表示打從一開始就知道這不是靈異現象。但既然如此，就找不出接受夏奈委託的理由了。

到底是怎麼一回事——尚哉充滿疑惑，並斜眼偷偷觀察高槻。

高槻還是繼續看著夏奈，再次開口道：

「對了，既然那位紗雪同學今天沒來，表示妳沒把委託我調查這件事告訴紗雪同學嗎？還是她不希望妳這麼做？」

「啊……我完全沒跟紗雪說會找老師商量。」

「為什麼？」

「如果本人都不記得了，覺得還是不要逼她回想比較好。我去紗雪家本來是想問個清楚，中途還被紗雪的媽媽制止了。阿姨跟我說『紗雪可能受到打擊忘記事情經過，還是先讓她靜一靜吧』，所以——委託老師調查只是我個人自我滿足的行為……這樣不行嗎？」

夏奈皺起眉頭說道，似乎失去了信心。

高槻搖搖頭。

「當然可以啊。只是這樣一來，也得聽聽紗雪同學本人怎麼說才行——關於紗雪同學失蹤和被尋獲的事，妳還知道其他細節嗎？有的話，麻煩全都告訴我。」

「呃，就算你這麼說，我也已經全都說……啊，對了。」

夏奈用忽然想起某件事的表情說：

「因為那棟廢屋有人住，或許跟紗雪的失蹤無關，但我猜紗雪消失的那段時間，應該待在室內。」

「怎麼說？」

「因為紗雪被發現的時候沒穿鞋子。」

夏奈繼續說道：

「可是紗雪的腳底板完全沒有弄髒。覺得跟案件應該沒什麼關聯，但還是先說一下。」

這時，高槻忽然倒抽一口氣。

尚哉看向高槻，發現他的表情有些緊繃，還將視線移向桌面。

「……老師？你怎麼了？」

被尚哉這麼一問，高槻才回過神來，轉頭面向尚哉。

「不，沒什麼——只是覺得跟《街談文文集要》好像啊。還記得嗎？之前我在課堂上說過，安次郎穿著一雙乾淨的足袋出現在淺草的故事，總覺得一模一樣。」

說完，高槻笑了笑。

不知怎地，跟以往的燦爛笑容相比，這個笑容似乎陰沉許多。

總而言之，他們決定先調查那棟廢屋的情報。既然有人居住，應該不能稱之為廢屋，但現階段還是總之這樣稱呼。

在夏奈的帶領下，他們從車站前搭乘公車移動到紗雪家附近。雖說是東京都內，但這一帶隨處可見綠林山景。

那棟廢屋就蓋在一座矮山的中段，彷彿整棟房子嵌在山裡似的，從公車站還要走一陣子才會到達。茂密生長至建築後方的蓊鬱山林，營造出房子本身被山吞噬的錯覺。附近雖然也有零星住宅，路上卻沒有行人來往。

「哇啊，真的是一棟無可挑剔的『廢屋』耶。」

高槻這麼說。

這棟房子確實是相當典型的「廢屋」。骯髒的牆面爬滿青苔，庭院裡的草木隨意生長。隔著陽臺可以看到二樓窗戶覆蓋有銀色防水布取代擋雨窗，但防水布本身已經破破爛爛，還掉了一半下來，所以連房裡的紙拉門都能看得一清二楚。而那扇紙拉門也殘破不堪，讓人不解怎麼會破到這種地步。

木製門牌上有墨跡模糊的「羽田」二字。高槻試著按電鈴，但電鈴似乎壞了，根本沒聲響。往大門旁邊的停車場看去，裡面也沒有車，只有成堆的枯葉。

尚哉抬頭看著這棟幾乎算是鬼屋的建築，不經意地說：

「……真的有人住在這裡嗎？」

「嗯～不好說呢。」

高槻也疑惑地歪著頭。

他從圍牆外再次環視這棟房子，皺起眉頭指著二樓說：

「有看到那邊嗎？窗戶都破了吧，窗框上還沾著鳥糞和羽毛，我猜可能有鳥在那裡築巢……如果真的有人居住，那個人應該是熱愛野生動物，渴望與大自然共存的愛心人士。」

正常來說，應該不會有這種人吧。

夏奈有些氣憤地說：

「可是我真的遇到一個男人啊！既然他說『妳來我家做什麼』，就表示住在這裡吧！」

「啊啊，我不是在懷疑妳的說詞。總而言之，現階段應該沒有人在，去找附近的人打聽看看吧。」

說完，高槻又抬頭看了廢屋一眼，才重返來時的道路。

他們在附近發現一座公園，有一群看似小學生的孩子正在那裡玩耍。高槻向孩子們詢問「鬼屋」的消息後，所有人都變得興致勃勃。

「啊～我知道我知道～！是說那座山半路上的破房子吧！那裡真的會鬧鬼喔！」

一個看似孩子王的小孩自信滿滿地這麼說。

為了與孩子們視線同高，高槻蹲下身子，睜大眼睛問道：

「真的嗎？難道你有親眼看到幽靈？」

「我是沒見過啦，但好像有人看過喔，對不對？」

孩子王對其他孩子這麼一問，大家都點頭如搗蒜。

高槻也露出宛如孩童的表情，探出身子問：

「太酷了吧！到底是什麼樣的幽靈啊？男的女的？還是非人類？」

「不知道耶，但聽說超～恐怖的！對了，還有人看過很像鬼火的東西！」

「鬼火？有鬼火在空中飛嗎？」

「不是，是在那棟房子裡。聽說是隔著窗戶看到的！那裡根本沒人住，晚上也不會開燈，可是有人看到微弱的光在窗戶後面動來動去！」

「嗚哇，真的假的！好可怕喔！」

「很可怕吧！但我知道更恐怖的故事喔！想不想聽？」

「想聽想聽！是什麼故事？」

高槻將雙肘抵在蹲著的膝蓋上，抬頭看著孩子王，雙眼綻放出興奮的光彩。

得意洋洋的孩子王便開始說起學校裡的鬼故事。夏奈遠遠地看著這一幕，小聲對尚哉說道：

「……那個老師好像很會跟小學生打成一片耶。他不是大學老師嗎？難道其實在小學任教？還是幼稚園？」

「不……那應該就是『身體和頭腦是大人，內心是小孩』吧？」

「啊……那我懂了。」

「嗯……」

結果那群孩子一直緊黏著高槻，孩子王甚至還說「我可以收你當小弟」，但高槻回「那邊的大哥哥大姐姐在叫我，我得走了」，才向孩子們道別回到尚哉他們身邊。高槻轉頭揮揮手說「再見」時，孩子們還異口同聲地說「下次再來玩～！」，讓人印象深刻。可以跟初次見面的小孩子混得這麼熟的人，也是滿少見的。

但這種外表帥氣，言行舉止又有點孩子氣的大人，或許很受小孩子歡迎吧。高槻本人似乎也樂在其中。

「唉呀～沒想到連這附近的學校怪談都聽完了。他們都是善良的好孩子呢！」

「……我說你啊，是不是把正事給忘了？沒問題吧？」

夏奈瞪高槻一眼，高槻「啊哈哈」地笑了幾聲。

「沒事沒事，我還記得啦！好，接下來找個大人來問問吧！——啊，那個人感覺不錯喔。不好意思～！」

看到一名看似主婦的女性迎面走來，高槻便笑盈盈地上前搭話。

剛才略顯幼稚的言行舉止，頓時轉變為風度翩翩的穩重語調。看到高槻不假思索地找女性打聽消息，夏奈一臉驚訝地問：

「喂，這人到底是什麼來歷？男公關？騙子？還是單純的探聽高手？」

「……他好歹是我的大學老師，就當是探聽高手吧。」

「不過，大人還真恐怖……」

「夏奈，妳誤會了，那傢伙不是普通的大人，沒必要跟一般的大人混為一談。」

「……你根本不想幫他說話吧。」

先不論被嚇傻的夏奈，高槻的探聽過程幾乎都很順利，成功收集到那棟廢屋的許多情報。

一行人再次搭上公車，先回站前一趟。在速食店簡單吃點東西，同時整理入手的資訊。

「首先，那棟房子果然沒有人住。」

高槻捏起一根薯條，並做出這個結論。

「可是……！」

夏奈本想強烈反駁，高槻直接把薯條塞進她口中讓她閉嘴，並繼續說道：

「先是公園的孩子王，智樹小弟弟的證詞，『那裡根本沒人住，晚上也不會開燈』，換句話說，這是連小朋友都知道的事實。後來詢問的那個大人也說『現在應該沒有人住在那裡』。聽說幾年前住有一位年邁的女性，但她過世後就無人居住。她雖然有一個兒子，但似乎在很遠的地方有自己的家，那棟房子暫時就被放著不管了。庭院裡的草木到處亂長，甚至長到馬路上，町內會原本提議砍除，卻聯絡不上房屋所有人，只好放任植物繼續生長。」

「……那我看到的那個人又是誰？」

「誰知道呢。只要上網查查房產登記資訊，應該就能知道現在的所有人是誰……但也可能是有人隨便闖進去住了下來。不過，擅自入住的也不一定是人類啦。」

高槻笑了笑，這次把薯條放進自己嘴裡。

夏奈皺起眉頭。

「不一定是人類？什麼意思？」

「不能完全排除非人類住在裡面的可能性啊，例如妖怪或幽靈等等。我還不想放棄這個夢想。」

「老師，認真點好不好。」

看到高槻眼中開始出現興奮的光芒，尚哉立刻出言警告。

高槻一臉歉疚地將自己的薯條推到尚哉眼前。呃，我又不需要你的賠禮。

「——認真推理一下吧。遊民或罪犯擅自潛入空屋居住的案例，其實不在少數，畢竟智樹小弟弟也說，有人在窗戶外看到鬼火飛來飛去。那可能不是鬼火，而是住在裡面的人攜帶的手電筒光線。因為沒有人聽說過神隱的傳聞，所以那棟廢屋在孩子之間是以『鬼屋』著稱，實際上紗雪同學也是這麼認為的。可是，智樹小弟形容的妖怪形象一點也不具體。通常在講述怪談時，至少會說妖怪是男是女吧？所以可以這樣想，那裡之所以被稱為『鬼屋』，是人們對建築外觀先入為主的印象。從『那棟老房子很可怕』延續至『一定有幽靈沒錯』，連帶衍生出『鬧鬼傳聞』這種毫無根據的說法。諸如此類的情況經常發生。」

「那……那紗雪呢？當時她到底發生什麼事？」

「這——還不確定。但都推理到這一步了，我也很想弄清楚。」

聽到高槻這番話，尚哉吃著自己的漢堡，同時有種不祥的預感。

「老師，想要追根究柢是無所謂，但要怎麼做？」

「這個嘛，只能進去那棟房子看看囉。」

高槻若無其事地這麼說。

尚哉愣在原地。

「不行啦，這樣是非法入侵耶！」

「被發現的話才算。」

「被發現才……難道你……」

「——真相一定藏在那棟房子裡啊，你不覺得嗎？」

高槻忽然將臉湊近尚哉，故意勾起嘴角。太近了，這個人的距離感果然不太正常。

「不入虎穴焉得虎子，古人說得真好呢。不帶點涉險的決心，就得不到想要的東西——唉呀，沒事啦。如果真有萬一，我在警察那邊也有門路啊！」

「……你平常都是怎麼使喚佐佐倉先生的啊。」

「我的原則就是，能用的東西都拿來用。」

尚哉有點同情佐佐倉了。高槻之前可能就利用過這段從小認識的孽緣，用類似的方式使喚過佐佐倉。

夏奈連忙搖搖頭。

「吶，不必做到這種地步啦，被發現就完蛋了耶？」

「真的不用擔心，我會努力掩人耳目，就算真被發現也有對策——所以，夏奈跟深町同學就到此為止吧。我自己進去那棟房子，你們吃完飯就趕快回家。」

「咦？哪有這樣的！」

「不行，我也要去！」

夏奈和尚哉紛紛提出抗議，高槻則面帶微笑地說：

「不可以，總不能誘使大好前途的年輕人犯罪吧。要乖乖聽老師的話，知道嗎？」

尚哉心想，這種時候才搬出老師的架子，太狡猾了吧。

不過，的確不能再讓夏奈一起行動了。夜色也深了，實在不能把女孩子捲入危險之中。

高槻用「調查完那棟房子後就會跟妳聯絡」這個說法說服夏奈後，她才心不甘情不願地答應回家。

「不能騙我喔，一定、一定要跟我聯絡喔？我可不希望連老師都消失不見。」

夏奈憂心忡忡地反覆交代。將她護送到公車站後，高槻再次面向尚哉。

「──好啦，深町同學也回去吧。」

「我拒絕。」

聽尚哉這麼說，高槻面有難色。

「不是說要乖乖聽老師的話嗎？要是你有個三長兩短，我真的沒臉見你的父母。」

「這件事跟我爸媽有什麼關係……而且我們平常就沒什麼交集。」

「不能說這種話啦。」

高槻嘆口氣，微微仰頭望向天空。

尚哉也跟著抬頭看向天空。跟盛夏時期相比，九月底的暮色來得更早一些。太陽早已沉入西方的地平線，只殘留些許光芒。

雖然在燈火通明的車站前看不到星星，但夜色確實在空中逐漸暈染開來。比起仍帶有些許白日光芒的天空，拖曳著長尾的雲已經早一步染上深藍色，還能看見幾隻烏鴉從雲層下方飛過。

尚哉的目光追著那群振翅的黑影，接著說道：

「——有鳥棲息在那棟房子裡吧。」

高槻一臉震驚地看著尚哉。

尚哉露出有些壞心的笑，將視線移向高槻。

「如果在房子裡看到鳥飛出來，你要怎麼辦？」

「……沒事，我不會去二樓查看。正常來說，鳥應該只會在高樓層築巢，所以一樓還算安全。」

「但也無法百分之百保證吧？」

高槻眉頭緊蹙，頓時閉口不語。

尚哉第一次把高槻辯得啞口無言，覺得有些得意，於是模仿高槻以往的做法，故意將臉湊向對方。他在極近距離下抬頭看著高槻說：

「不覺得有我在比較好嗎？要是鳥中途飛過來把你嚇倒，你也不希望鳥飛到身上用嘴啄你或排便吧？」

「……別說了啦，光想就渾身發毛。」

高槻露出厭惡至極的表情，將上半身微微後仰，與尚哉拉開距離。平常都是他拚命湊過來，但被對方主動靠近還是會保持距離，滿有趣的。

高槻又盯著天空看一會，再次低下頭時，將手放到尚哉頭上。兩人本來就有身高差距，高槻又刻意將手下壓，把尚哉往下按。

「深町同學，你挺囂張的嘛。」

「等等，幹、幹嘛啊！」

尚哉的頭髮就這麼被粗魯地亂揉一通，他拚命掙扎抵抗。

好不容易逃離高槻的魔爪後，尚哉用手壓著亂糟糟的頭髮回頭一看，發現高槻笑了起來。

「……真拿你沒辦法，那好吧，我們一起去。但要答應我，遇到危險時一定要逃得比我快喔。」

「什麼危險？」

「可能有罪犯或妖怪躲在那棟廢屋裡啊。」

「只有老師才會把妖怪也列入考量範圍吧。」

「有什麼關係，可能性又不是零！」

說完，高槻像小孩一樣生起氣來。

等到夜深後，尚哉和高槻再次回到廢屋。

黑暗中的廢屋看起來就像恐怖片場景，尚哉走到門前停下腳步，下意識嚥了嚥口水。高槻似乎聽見他吞口水的聲音，回頭壓低音量說道：

「如果會怕，可以留在這裡喔？」

「……我又不怕。」

聽到尚哉的回答，高槻小聲地噗哧一笑。尚哉很不是滋味，便加快腳步走到高槻前面，緩緩走向大門。

一打開大門，就發出「嘰」的聲響，他連忙放輕手部力道緩緩拉開大門，盡可能將音量放到最低。

尚哉本想直接走向玄關，高槻卻戳戳他的肩膀。玄關旁邊似乎可以直通庭院，看來他打算從那裡潛入，於是兩人踩過四處亂長的草叢踏入庭院。在秋日的蟲鳴聲中，尚哉與高槻緩緩靠近建築物。他們姑且準備了筆燈，但現在還不能打開。畢竟要留意鄰居的眼光，要是有人藏匿在廢屋中，可能也會被發現。

一樓的擋雨窗緊閉，高槻悄悄踏上簷廊，將手伸向擋雨窗。第一間房間的擋雨窗拉不動，但隔壁房的擋雨窗發出微弱聲響緩緩開啟。高槻轉過頭確認，尚哉也點頭示意。於是兩人將手搭上擋雨窗慢慢拉開，避免發出聲響。

拉出一人足以通過的縫隙後，高槻又將手伸向擋雨窗內的玻璃窗。

玻璃窗十分滑順地打開了。

高槻從開了個小縫的玻璃窗鑽進屋內，尚哉緊跟在後。

他們闖進的地方是一間和室，透過從外灑入的室外燈源，可以隱約看到房裡放著老舊的衣櫃和梳妝臺。

這時，高槻忽然當場蹲下。尚哉疑惑地往下一看，高槻卻把他丟在一旁，用手撫摸榻榻米，看來是在確認地板髒不髒。跟外觀相比，屋內維持得還算整潔。高槻點點頭後，便直接脫下皮鞋，尚哉也有樣學樣地脫下腳上的運動鞋。

高槻關上玻璃窗和擋雨窗，只留下一點縫隙。小心翼翼地走在榻榻米上，來到房間入口後，又觀察走廊的狀況。

屋內鴉雀無聲，絲毫沒有人的氣息，當然也沒有任何照明。

高槻拿出筆燈穿過走廊，觀察其他房間。屋內還有廚房，在白光照射下，室內果然沒有荒廢的感覺。牆上貼的是兩年前的月曆，餐具櫃和冰箱也都原封不動地保留在原地。尚哉心中忽然湧現想要打開冰箱一探究竟的欲望。冰箱應該沒有插電，但裡面可能有東西……比如屍體。

這時，高槻又戳了戳尚哉的肩膀。

尚哉循著高槻手指的方向看去，只見有幾個超商塑膠袋散落在房間一角，裡面還有看似飯糰包裝紙的垃圾和寶特瓶。

果然有人會來這裡。

高槻又繼續在屋裡前進探索，最後來到客廳。客廳裡放了沙發和電視，還瀰漫著一股微弱卻不太尋常的臭味。聞起來有點像青草味，又有點甜膩，尚哉從來沒聞過這種味道。

當高槻手上的筆燈照到面向庭院的玻璃窗時，奇妙的景象頓時映入眼簾。撤下窗簾的窗戶四周都被膠帶貼住，彷彿要把窗縫黏死似的。

看到窗縫被黏死，尚哉立刻想到燒炭自殺。難不成有人想在這裡自殺嗎？可是這裡又沒有屍體，空氣中瀰漫的臭味也不像屍臭。

高槻從沙發下撿起某個東西，用筆燈一照。

是一片形似手掌的葉子，已經枯萎了。

「……啊啊。」

高槻小聲嘀咕道：

「什麼嘛，原來是這樣。」

「老師……那是什麼？」

「是大麻。有人在這裡栽種大麻。」

高槻冷冷地回答尚哉的問題。

尚哉大吃一驚，看著高槻手上的葉片。大麻不就是毒品的原料嗎？可以栽種這種東西嗎？

不對，就是因為法律禁止，才會在這種廢屋裡栽種吧。

「沒想到真相這麼無趣。」

高槻這麼說。

「看來這棟房子空下來後，就被壞人盯上了呢，還在這裡偷偷種植大麻。栽種大麻時似乎得調節光照，才會把窗縫黏死完全阻隔外界光源，就像這樣。」

高槻再次用筆燈照射被黏死的窗縫，繼續說道：

「我猜他們應該沒有住在這裡，但時不時會過來巡視。這棟房子的鬧鬼傳聞，或許也是這些人放出來的。為了不讓人靠近，才會對小孩子放出這種謠言……但還是會有像紗雪那樣反倒想接近的人。」

「那紗雪她……」

「應該是潛入屋裡的時候，跟剛好來巡視的壞人們碰個正著了吧。她被發現的時候，意識不是很模糊嗎？八成是被強迫吸入大麻吧。後來壞人們不知該怎麼處置，只好偷偷把她放上車，再丟在八王子。」

「大麻這種東西，一檢查就會發現了吧？」

「如果是美國也就罷了，尋獲失蹤的未成年孩子後，一般來說不會檢測是否有大麻反應。紗雪沒被滅口應該就算幸運了。」

高槻說出這種駭人聽聞的話。

但這個推測或許相當合理。畢竟在這間房裡盤據的不是妖怪，而是罪犯。

「那接下來該怎麼做？」

「嗯～在紗雪這件事之後，栽種的大麻應該全都被移動到其他地方去了，這樣要追蹤犯人可能就變得不太容易。但裝作沒看到也不太好，還是先跟阿健商量一下。」

說完，高槻就用自己的手機拍下手上的葉片，連帶這間房子的GPS情報一起傳給佐佐倉。

結果馬上就收到回覆。

「……啊，被罵了。他說『白痴，你在搞什麼啊』。」

看著佐佐倉傳來的訊息，高槻露出苦笑。

「阿健說要過來一趟。總之我們先到外面——」

高槻話還沒說完。

外頭就傳來了車聲。

高槻嚇得立刻關掉筆燈。隨後又聽見疑似關車門的聲音，正好就在這棟房子前面——難道是……

高槻立刻衝向一開始進入的那間和室。在一片漆黑當中，真虧他能行動得這麼快，一路上還沒有撞到東西。說不定闖進房子時，他就已經把房間格局和家具配置都記在腦子裡了。

尚哉只能用手摸索慢慢前進，比他早一步來到和室的高槻，從微微打開的窗戶縫隙往外窺視，並迅速收回自己和尚哉的鞋子走回來。他看著尚哉輕輕搖頭，看來真的有人準備進來這棟房子。至於來者——當然是栽種大麻的那些人。

尚哉用眼神詢問下一步該怎麼做，高槻便用銳利的視線掃視屋內，拉起尚哉的手穿過走廊。發現樓梯後，他只往上幾階就直接蹲下，似乎想躲在樓梯牆邊先度過眼前的危機。

隨後又傳來有人拉動擋雨窗的聲音。擋雨窗被拉開時匡噹作響，動作比尚哉他們剛才拉動時還要粗魯，可能是因為經常出入所以習慣了吧。接著是踩踏榻榻米的摩擦聲，看來他們走進屋內了。

還能聽到對話的聲音。

「……喂，真的要放火燒掉嗎？危險的東西基本上都處理乾淨了，也沒留下任何證據，不必做得這麼絕吧。」

「不，小心駛得萬年船。天曉得那個小鬼頭什麼時候會說出這裡的事……但讓她吸那麼多大麻，應該忘得一乾二淨了吧。」

是兩個男人，他們還在和室裡對話。

但對話內容實在太過駭人。他們說的「放火燒掉」，該不會是要把這棟房子燒個精光吧，為了湮滅證據。

高槻轉頭看向尚哉，將食指抵在唇邊，應該是提醒繼續靜觀其變。同時，他也操作手機再次傳訊息給佐佐倉。

觀察了一陣子，那兩個男人才從和室走向客廳。他們似乎隨處走動，隨後又傳來沙發彈簧擠壓的聲音，可能是坐下來了吧。

高槻悄悄穿上自己的鞋，尚哉也同樣穿好運動鞋。

玄關門就在樓梯正前方，從這裡逃出去應該是最快的路線。尚哉和高槻四目相對，互相點頭示意後，便緩緩走下樓梯，踏上玄關門口的水泥地。

就在此時。

尚哉腳邊發出「匡噹」一聲。

糟糕——尚哉的表情頓時扭曲。他好像踢到空的金屬水桶之類的東西。

「喂！誰在那裡！」

男人從客廳探出頭，看到尚哉和高槻後立刻衝了過來。

「深町同學，快開門！」

高槻將尚哉推到玄關門前，自己則從玄關口走上走廊，站在前方試圖保護尚哉。

尚哉伸手轉動門把，可是打不開。他頓時慌了手腳，忽然想起門被鎖住，才急忙打開門鎖。這時，他發現衝過來的男人已經對高槻出拳了。聽到某個東西撞上牆面的巨響，尚哉下意識回頭查看，發現高槻把那個男人壓制在牆上。

「深町同學，快跑！」

高槻放聲大喊。

尚哉再次轉動門把，門終於打開。他慶幸地推開門——沒想到門只開一點小縫，發出「鏘啷」一聲後就不動了。尚哉疑惑地瞪大雙眼，才發現門鍊還扣著。我是白痴嗎——他在心裡痛罵自己，並急著想解開門鍊，卻始終無法如願。除了太過焦急導致手指不停滑開之外，門鍊也生鏽完全解不開。

「深町同學！」

「不行，打不開啊！」

尚哉帶著哭腔叫了回去，就聽見高槻咂舌的聲音。這時，另一名男人也開始攻擊高槻。高槻一隻手將第一個男人壓在牆上，用另一隻手擋下第二個男人舉起的拳頭。高槻又用腳往第一個男人腳上一踢，男人便應聲倒地。但同一時間，第二個男人揪住高槻的領口，他的身形比第一個男人還要魁梧。

高槻的身體被狠狠砸向牆壁。

男人接著又往高槻的腹部揍了好幾拳，導致高槻雙膝跪地。

「……！」

尚哉發出淒厲的慘叫衝過去。第一個男人倒地後本想撐起身子，尚哉故意從他身上踩過去，再用頭狠狠撞向壓制高槻的男人的側腹。忽然被這麼一撞，男人頓時失去平衡，高槻趁機扶著牆壁起身，往男人臉上揍了一拳，再默默抓起尚哉的手硬將他推上樓梯。他們只剩下這條退路可走了。

他們跑上樓梯，尚哉在前，高槻在後，兩個男人的怒吼聲也追了上來。尚哉怕到完全不敢往後看，當踏上二樓後，男人的怒吼忽然變成驚呼，隨後又變成「咚咚」滾下樓梯的聲音。忍不住回頭一看，正好看到高槻將高舉的腳往下踢。從後方追過來的兩個男人，好像被高槻踢下去了。

「老師！」

「先躲到最裡面的房間！」

聽到高槻用怒斥的口氣這麼說，尚哉立刻衝進最裡面的房間，高槻也跟在後頭。

尚哉發現那兩個男人又發出怒吼追過來，便立刻關上房間拉門，感覺心臟快從嘴裡跳出來了。看到高槻要把門邊的書櫃拉過來，尚哉也馬上出手幫忙。在男人打開門的前一秒，他們將書櫃壓在門前成功擋住入口。男人用力敲打拉門，為了避免他們將門拉開，尚哉和高槻將全身體重壓上書櫃拚命推壓。

「深町同學，看看能不能從窗戶逃出——」

這時，現場忽然響起「啪沙啪沙」的聲響，彷彿要蓋過高槻未完的這句話。

高槻的身體忽然猛烈顫抖起來。

尚哉無比絕望地轉頭看向室內。

無數個雪白的東西劃過視野。

是羽毛。

他聽見高槻痛苦的喘息聲。

衝進這間房間時，他們根本沒注意到房裡的狀況。

這裡就是那個窗戶破損的房間，還有好幾隻鴿子停在破窗對面的架子上，應該是在架上築巢了吧。聽見騷動後，那群鴿子似乎也飽受驚嚇，同時振翅飛起。好幾隻鴿子在狹小的房間裡來回飛舞。

高槻立刻跪倒在地。

「老師！」

高槻雙手抱頭，痛苦地呻吟著，尚哉發現他渾身都在發抖。少了高槻後，想從外面撬開門的力量也隨之增強。尚哉用背部抵著書櫃，將全身的體重都壓在上頭，同時對高槻大喊道：

「老師！老師，振作一點！」

「……不……不要……！」

整個人蜷縮在地的高槻，發出近似哀嚎的聲音。

「老師！高槻老師！」

「不要，住手……放開我，不要……！」

「老師、老師！」

高槻不斷呢喃著莫名其妙的話語，尚哉用盡全力對他喊話。

這時，高槻忽然抬起頭。

瞪大的雙眸似乎綻放出蒼藍色的磷光，尚哉大吃一驚。

鴿子在房裡飛來飛去。從殘破的紙拉門灑入室內的戶外燈光，照亮飄落四散的羽毛和蹲伏在地的高槻。

可是，高槻眼中的光芒卻比這道光還要亮。

「不要……拜託、快住手……！」

高槻說話時，發出藍色光芒的眼中盈滿了恐懼。

「我……我不要……去、去那個地方……」

高槻忽然往前撲倒在地，彷彿斷了線的傀儡人偶。尚哉立刻想伸出手，但那一瞬間卻感覺到拉門快要被撬開，才又急忙將體重壓回書櫃，懷著想哭的心情拚命推壓拉門。

他到底這麼做了多久呢？經歷近乎永恆的漫長時間後，尚哉忽然發現門外不知不覺靜了下來。也感受不到原本用力敲打門板不斷叫囂的那兩個男人的氣息。

尚哉慢慢將壓在書櫃上的身體退開，再次觀察門外的動靜，但一點聲音也沒有。那兩個男人應該走了吧。

尚哉走向倒臥在地的高槻，搖搖他的肩膀，但高槻似乎完全失去意識，沒有任何反應。就算尚哉低聲呼喚，依舊不省人事。

這時，尚哉聞到一股奇怪的味道。

跟剛才在客廳聞到的味道不一樣，是焦臭味。

驚訝地回頭一看，發現陣陣白煙從書櫃壓著的門縫間飄進來。

那兩個男人闖進來的時候，好像說了些什麼。對了，好像是放火燒掉之類的——該不會真的縱火，打算連二樓的尚哉和高槻，消滅所有證據？

尚哉著急地移開書櫃，將手伸向拉門，門卻絲毫不動，應該是被人從外面用棍棒堵住了。尚哉絕望地敲打門板，心想，不會吧？

走到窗邊往下看，發現煙霧不斷上竄。現在雖然只有客廳起火，但火勢遲早會蔓延到整棟房子。這下糟了。

「老師！老師，醒醒啊！不趕快逃出去的話，會被燒死的！」

想把昏倒的高槻叫醒，但他還是沒有恢復意識。看來只能扛著高槻逃生了，但不管尚哉怎麼努力，光是要拉起高槻就已經快要耗盡臂力。火災現場的蠻力都是騙人的，感覺根本扛不起高槻。

期間，濃煙也不斷湧進房裡，還能感受到熱度。尚哉咳個不停，低頭看著拉到自己膝上的高槻的臉，祈禱他能趕快醒來，但那雙被纖長睫毛封住的眼瞼卻動也不動。

怎麼辦，到底該怎麼做，怎麼會走到現在這一步呢？

從沒想過自己竟會如此無力。尚哉看了看竄進房裡的濃煙和毫無動靜的高槻，懷著走投無路的心情在心中暗自求援。真希望現在馬上有人來救他們，不管是誰都好。他用顫抖的手指從口袋裡拿出手機，卻不知道該打給誰。消防局嗎？還是警察局？他們現在能及時趕到嗎？

畢竟最可靠的這個人，偏偏在這種時候昏倒了。

煙霧變得更濃了。尚哉拿出手帕蓋住高槻的嘴巴，自己則將嘴壓在肩膀上，想盡量防止濃煙嗆入口鼻。就算鄰居發現火勢報警處理，他們能不能活到救援趕到的那一刻？說到底，高槻明明是雇他來當常識擔當，自己為什麼沒能阻止高槻來這裡犯險呢？

高槻的意識仍未恢復。

「老師……我真的不想跟你一起死在這裡耶……」

高槻曾說「遇到危險時，你一定要先逃跑」。

但怎麼可能做得出這種事呢？

就在此時。

尚哉聽到車子停在屋外的聲響，驚訝地抬起頭來。

「——彰良！深町！喂，你們在哪裡！」

是佐佐倉的聲音。他已經趕來了嗎？

於是尚哉對著窗戶大聲呼救。

「佐佐倉先生！我們在二樓，最裡面的房間！」

佐佐倉沒有回答。

但尚哉立刻聽見衝上樓梯的腳步聲。他一邊咳嗽，一邊奮力嘶吼「我們在這裡」，接著門外便傳來「喀咚」一聲。

佐佐倉用力拉開門跑進來。

「彰良！深町！沒事吧！」

他的身影看起來雄偉又可靠，放下心中大石的尚哉，勉強用泫然欲泣的聲音說「我們沒事」。

尚哉不管怎麼努力都扛不起的高槻，佐佐倉卻輕輕鬆鬆就背著他逃出屋外。火勢雖然已經從客廳蔓延到走廊，但尚未波及到勉強能通往室外的和室。

逃出屋外後，消防車和警車正好抵達。佐佐倉把高槻隨便扔進他開過來的車子後座，又把尚哉推進副駕駛座後，跟從警車上下來的制服警官談了一會。

不久後，可能是談完了吧，佐佐倉才走回車子坐進駕駛座。

「──總之，先把你們送回彰良家。」

說完，佐佐倉立刻發動車子，後方的消防車也開始滅火。尚哉隔著後擋風玻璃看了一會消防隊往熊熊燃燒的房子噴水的畫面，又把視線移向躺在後座的高槻。

高槻依舊維持被佐佐倉放進後座的姿勢，完全沒動，癱軟地倒臥在座椅上。

「……咳。」

尚哉才剛開口就咳個不停，正在開車的佐佐倉拿了瓶裝水給他。這好像是佐佐倉喝到一半的水，但尚哉還是心懷感激地收下。冰涼的水充分浸潤差點被濃煙嗆傷的喉嚨。

「那、那個……」

尚哉再度開口後，佐佐倉凶狠地瞪他一眼。

那股銳利的視線讓尚哉頓時有些膽怯，但還是繼續說道：

「你、你很快就趕來了呢。」

「喔，收到彰良的訊息之後，我就馬上飆車過來了。」

佐佐倉這麼說。可能是因為被煙嗆傷，原本就低沉的嗓音變得更加嘶啞，壓迫感更強了。

「警視廳的工作沒問題嗎？」

「當時我正好結束值勤準備回家。只不過車子是跟同事搶來的，總之沒事。」

真的沒關係嗎？尚哉實在看不出來。

這輛車的外觀乍看之下相當普通，但其實是偽裝成民用車的警車，不停傳出的警網無線電甚至多到有些惱人。佐佐倉不發一語地繼續開車，但駕駛技術比想像中還要穩。只有無線電傳來「發現可疑車輛」時，佐佐倉才會瞄無線電一眼。

「——喂，把事情經過告訴我。還要一陣子才會到彰良住的公寓。」

佐佐倉隔一段時間才開口，尚哉便將來龍去脈娓娓道來。

當尚哉說出「神隱」這兩個字時，發現佐佐倉握著方向盤的手忽然顫了一下，但佐佐倉對此沒有特別回應，而是讓尚哉繼續說明。

話題結束後，佐佐倉才重重地嘆口氣。

「……真受不了，大白痴！」

說完，佐佐倉用力朝車窗打一拳。

基於反射動作，尚哉立刻道歉。

「對、對不起，真的很抱歉。」

「不，不是在罵你，是罵躺在後座的那個大白痴！蠢貨！」

佐佐倉咬牙切齒地說，原本就殺氣騰騰的眼神變得更像狂犬了。

隨後，他焦躁地用手指敲打方向盤好一陣子，又再次發出嘆息。

「——總之，先不追究你們非法入侵民宅這件事。」

他這麼說。

「請問，這種事經常發生嗎？」

聽到尚哉的疑問，佐佐倉又瞪他一眼。

「對。」

他只丟出這句話，手指又焦躁地敲起方向盤。

這個回答，是指經常像這樣幫他壓下非法入侵的騷動？還是高槻經常失去意識昏倒？還是偶爾被捲入犯罪的風險？尚哉聽不出來，但也沒打算再次提問。因為他覺得，應該是「以上皆是」吧。

高槻居住的公寓位於代代木。

再次扛起尚未恢復意識的高槻，佐佐倉叫尚哉翻找高槻的口袋，找到鑰匙後，就熟門熟路地走進高槻家裡。

這個兩房一廳的家打理得一絲不苟，但跟研究室一樣有很多書櫃。與研究室不同的是，家裡的書櫃有很多研究著作以外的書籍，還放了風景相片集和小說等等。當尚哉看到自己也讀過的書籍書背時，心中有種莫名的喜悅，但也覺得有些意外。

「……老師家裡居然有這麼多書啊。」

「什麼？」

聽到尚哉的嘀咕，佐佐倉回過頭。

「沒有啦，因為老師不是能把讀過一次的文章或照片全都記下來嗎？這樣家裡就不必留這麼多書了吧。」

「啊啊，他是覺得『喜歡的書不管看多少次都很有趣』。因為家裡都快被書塞滿，之前也問過要不要丟掉一點，反正都已經記在腦子裡了，應該沒差吧。結果他回答『跟喜歡的人不管見幾次面都會很開心吧，書也一樣，喜歡的書可以讓人一讀再讀』……我是不太懂這種感覺。」

說完，佐佐倉用鼻子冷哼一聲，可見平常不太看書。

「別說這些了，去那邊的浴室拿幾條毛巾過來。總之想先讓這傢伙躺下來休息，但要是髒兮兮地把他躺上床，他之後一定會說『床單髒了』發脾氣。這傢伙在這方面真的很囉唆。」

被佐佐倉這麼一說，尚哉就用浴室拿來的毛巾鋪在床鋪和枕頭上，佐佐倉才把脫下外套的高槻放到床上。頭髮凌亂，臉也沾上汙漬的高槻，完全失去平常那種風度翩翩的紳士模樣。

尚哉心想，至少把臉擦乾淨吧，便用沾溼的毛巾替高槻擦臉。但高槻依舊沒有醒來的跡象。

尚哉越看越擔心，還是忍不住問佐佐倉：

「那個，老師真的不要緊嗎？完全不省人事耶。」

「情況超出負荷，所以他沒電了，放著不管就會自動復原。」

「……怎麼這樣，又不是電腦。」

「類似啦。他短時間內不會醒來，想在他臉上塗鴉的話，那裡有筆。看是要畫鼻毛，還是在額頭上寫個『肉』字都可以，隨你高興。」

「我、我才不會做這種事！……對了，老師被剛才那兩個人揍了一頓，這也讓我很擔心。」

「他被揍了？哪裡？」

「我記得是腹部……挨了幾拳吧。」

聞言，佐佐倉皺著眉頭，低頭看向高槻。

「……好像沒有吐，應該沒事……但我還是確認一下。」

說完，佐佐倉就慢慢解開高槻的襯衫鈕釦。解開襯衫一看，就能看到腹部一帶有好幾個紅腫的區塊，應該就是被打的地方吧。

佐佐倉輕輕用手按壓那些部位。

「也沒有發熱。這點小傷應該不要緊。」

說完，他本想將鈕釦重新扣好，但扣到一半似乎就覺得麻煩透頂。

「反正醒來也要換衣服，何必扣起來。」

自言自語後，佐佐倉就把掀開的棉被往高槻身上隨便一蓋。他對高槻的態度基本上都很隨便，是因為從小就認識，還是個性的問題？

可能是隨便亂蓋的關係，高槻的上半身幾乎都露在棉被外面。雖然現在這個季節還不算冷，尚哉還是默默地為他重新蓋好棉被。從敞開襯衫中露出的肌膚，以男性來說太過白皙，挨揍的紅腫部位才顯得更慘不忍睹。

這時，尚哉忽然想起瑠衣子說過的話。

高槻背上有兩道宛如翅膀被切下的傷痕。

既然這個人現在失去意識也不省人事，只要把他身體翻過來，就能確認那兩道傷痕了吧。

「——喂，你在幹嘛？」

被佐佐倉這麼一喊，尚哉才猛然回神。看來他下意識對高槻的肩膀伸手了。

尚哉連忙將手收回，轉頭看向佐佐倉。

「那、那個……」

話還沒說完，他就敗給佐佐倉銳利的目光，再次將視線落在高槻身上。

睡著的高槻就像作工精細的人偶。儘管在這種面無表情的狀態下熟睡，還是能看出精緻立體的五官。

或許是由於記憶中的高槻永遠笑臉迎人，尚哉低頭看著他時，有種目睹未知面貌的感覺。

「——請問……」

他想起一件事。

高槻失去意識昏倒前的那雙眼睛。

感覺似乎綻放出蒼藍色磷光的——夜空色的瞳孔。

當時高槻還說了「不要，我不要去那個地方」。

表情就像看到閃現在腦海中的回憶一樣。

「那個，佐佐倉先生……可以請教一件事嗎？」

「什麼事？」

「老師到底發生過什麼事？」

尚哉將疑問脫口而出。

佐佐倉挑起一邊眉毛。

「老師過去到底經歷什麼，才會變成這樣？」

尚哉心中又浮現出另一個疑惑。

在暑假接近尾聲的研究室。

尚哉坦承自己過去碰到的怪事時，高槻說了奇怪的話。

『如果有人覺得你很噁心，那個人應該也覺得我很噁心吧。』

尚哉後來不斷思考那句話是什麼意思。

簡直就像在說——自己和尚哉是同類。

夜空色的眼眸，以及近乎異常的記憶力。

仔細想想，這確實不像普通人類。

就像尚哉的耳朵，也跟普通人不一樣。

難道高槻——也是這種人嗎？

「……你問這個做什麼？」

佐佐倉拋出先前尚哉提問時同樣的問題。

尚哉說：

「我不知道，只是——不是單純因為好奇才問的。我真的……很想了解。」

哪怕這是越線的行為。

畢竟尚哉說出自己的遭遇時，高槻就已經越過尚哉拉的線了。

既然如此，就算要將手伸進高槻圍起的線內，尚哉也想知道高槻的過去。

尚哉想知道總是笑臉迎人的高槻真實的一面。

佐佐倉低頭看著尚哉，咂了一聲舌。

見他轉身就要離開房間，尚哉有些驚慌。

「佐、佐佐倉先生！」

「——過來這裡。別管彰良了，喝點東西吧。」

佐佐倉將尚哉推到客廳的沙發後，逕自走向廚房。

他還是那副熟門熟路的樣子，光明正大地打開冰箱。

「真是的，裡面還是沒什麼像樣的東西……畢竟那小子幾乎不下廚嘛——哦，臭屁的傢伙，居然放了莫札瑞拉起司啊。好，還沒過期，吃吧吃吧。」

佐佐倉說著聽起來有些不妙的自言自語，並拿出起司塊和番茄。

過了一會，佐佐倉就端著盤子走回來，上面放了切片的莫札瑞拉起司和番茄，還淋上橄欖油。雖然平常不會下廚，冰箱裡卻只放了可以拿來下酒的食材，沒想到高槻還有這種成熟男人的一面。明明平常都只吃甜食。

佐佐倉又擅自從架上拿了瓶紅酒打開，倒入兩人份的玻璃杯中，中途卻忽然停下動作。

「——深町，你未成年嗎？」

「是的。」

「那可不行。我記得冰箱裡還有薑汁汽水，你喝那個吧。」

佐佐倉用下顎指了指冰箱，看來是要尚哉自己去拿。這時尚哉忽然想到，對喔，這個人是警察，應該不會教唆未成年飲酒。

尚哉打開冰箱一看，發現裡面的薑汁汽水瓶身寫有「無糖」二字。如果是甜的飲料，他就不太想喝，但這個應該沒問題吧。當尚哉拿著瓶子走回客廳時——

已經喝起紅酒的佐佐倉說：

「——彰良他十二歲的時候被神隱過。」

「什麼……」

尚哉瞪大雙眼，忍不住往寢室方向看。

「某天晚上，在世田谷自家二樓的彰良忽然消失了。那傢伙的父母就在一樓客廳，卻沒聽到有人從玄關出去的聲音。他的每一雙鞋子都在，房裡也沒有什麼東西被帶走，聽說只有房間窗戶是打開的。當作離家出走實在不太自然，但當成綁架又說不通。當找了整整一週都沒有消息後，警方才改為公開搜查，但還是遲遲找不到彰良。由於情況太過離奇，當時新聞媒體就以『神隱事件』來報導。」

佐佐倉一口氣說了這麼多，才喝一大口紅酒。把深紅如血的紅酒當成水一飲而盡後，佐佐倉又拿起酒瓶往玻璃杯倒酒。

「警方懷疑是綁架，卻沒有接獲任何贖金的要求。他母親已經有點歇斯底里，父親也心力交瘁。結果一個月後——才終於找到彰良。」

尋獲地點是在京都。失去意識的高槻倒在鞍馬附近的馬路上，彷彿被遺棄在此似的。

「被發現的時候，彰良並沒有穿鞋，但腳底板卻乾乾淨淨，所以警方認定彰良是被某人開車載到這裡遺棄。不過後續警方也沒有接獲可疑車輛的情報。」

尚哉覺得這個故事很熟悉，跟這次紗雪的事件簡直如出一轍。而且——也跟高槻課堂上說過的「從京都移動到淺草的年輕人」，被天狗擄走的安次郎的故事很像。

「此外，還有另一個疑點。被發現的時候，彰良的背部在流血。背上有兩處大範圍的皮膚被剝下來了，形狀正好是從兩邊肩胛骨延伸到腰骨附近的細長三角形。」

媒體並沒有在傷口一事著墨太多，但高槻的家人看到傷口後大受打擊。兒子年紀還小，身上就留下會烙印一輩子的傷痕。

「彰良恢復意識後，完全不記得失蹤期間的事。但在那之後，就對鳥類異常恐懼，記憶力也急速成長——有時候眼睛的顏色還會改變。」

對於高槻的失蹤，警方沒找到任何線索。

看到兒子平安回家，家人當然高興，但想到兒子失蹤的那一個月不知道經歷了什麼，也覺得惶恐不安，畢竟人類對無法解釋的狀況感到懼怕。況且兒子回來後變得跟以前不太一樣，不管是偶爾會變成藍色的眼睛，異於常人的記憶力，還是看到鳥類就會倉皇失措失去意識，背後的原因都讓人百思不解。

「那傢伙有一個不太正常的親戚。某天那個老太婆對彰良的母親說『彰良一定是被鞍馬的天狗綁架了』——『快要變成天狗的時候，被切下翅膀送回人間了』。」

「……這麼說來，老師之前在課堂上說過，鞍馬地區有天狗的傳說。」

一般人應該只會把這些話當成胡言亂語吧。

但高槻的母親當時完全無法理解兒子身上的變化，精神狀況已經相當耗弱。

所以她聽信這個說法，認為自己的兒子被天狗綁架了。

天狗有翅膀，所以兒子才會懼怕有翅膀的鳥，背部的傷也是因為原本長在背上的翅膀被切下來——她堅信這就是兒子差點變成非人類的證據。

「所以……總之發生很多事，那傢伙也沒辦法繼續待在家裡。被國外的親戚收養幾年後，在上大學前回到日本，開始在外獨居的生活。彰良的家境富裕，父母在金錢方面幫了不少忙……但也只會給錢而已。」

佐佐倉用嫌棄的口吻，述說高槻當年的狀況。

從某個時期開始，父母看著尚哉的眼神就變得緊張兮兮。

高槻的父母看著他的眼神應該也同樣緊張吧，或是根本連看都不看一眼。

……可能還對他說過「噁心」。

高槻總是面帶微笑，燦爛又和藹可親的笑容。

還以為他一定是在充滿愛情的環境下長大的人，所以對誰都能溫柔體貼，露出爽朗明媚的笑容。

完全沒發現高槻藏在燦爛笑容背後的祕密。

聽著佐佐倉的聲音，尚哉握緊手上的薑汁汽水瓶。

同時，也希望佐佐倉的聲音出現扭曲。

他從來沒有如此期盼過。如果佐佐倉是在說謊就好了，至少是誇飾也行，希望現實不像佐佐倉說得這麼離譜。

但殘酷的是，佐佐倉的聲音沒有一絲扭曲，讓尚哉忍不住悲從中來。

佐佐倉再次大口喝下杯中紅酒，繼續說道：

「我根本不在乎那傢伙失蹤時經歷什麼。既然已經平安回家，那不就好了嗎？

就算差點變成天狗，還是被UFO抓去改造，又有什麼關係呢？但他的家人反而過不了這一關——從國外回來後，彰良的腦袋雖然好到可以隨意選擇法律、經濟或醫學這幾條路，卻說想研究民俗學，從大學一路讀到研究所，很快就當上副教授。之所以想研究都市傳說和怪談這種東西，或許也是覺得自己遭遇的可能是超自然的某種現象，但怎麼可能會有這種事嘛。就像這次一樣，每次的結果幾乎都是罪犯搞的鬼。那傢伙根本靠不住，這也不是第一次被捲進犯罪。可是……我更怕他以後『真的』會碰上那些事。」

佐佐倉繼續說道：

「如果是犯罪也就罷了，我是警察，總有辦法解決。但如果是真正的靈異事件，就沒有這麼幸運了，我也會變得束手無策。」

「……警察果然不會插手管這種事件吧。」

「也不會完全不管啦……負責的單位不一樣。」

「單位？難道有專門處理靈異事件的單位嗎？」

「雖然沒有對外公開，但的確有。他們的頭子是讓人完全不想積欠人情的那種人，所以我根本不想靠近他們。」

佐佐倉說話時，整張臉都皺得緊緊的。雖然不太清楚，但尚哉覺得那個單位一定很難搞。負責管理這種事件的單位，當然不好對付。

他喝了一口抓在手裡一直忘記喝的薑汁汽水，已經早就退冰了，所以甜味變得更加明顯。

「那個……」

「幹嘛？」

「……不能讓我喝點紅酒嗎？」

「當然不行啊，你未成年耶……真是的。」

佐佐倉忽然戳了戳尚哉的頭。

「啊，等等，你幹嘛啊，你是暴力警官嗎？」

「少囉嗦，臭小鬼……既然會聽到哭，一開始就不要問啊，傻子。」

說完，佐佐倉又戳了戳尚哉的頭。

尚哉吸了吸鼻子回答：「我才沒有哭。」

隔天，那棟廢屋也登上了新聞版面。逃亡的犯人當晚就落入警方的包圍網遭到逮捕。報導中也提到栽種大麻一事，犯人的說法似乎是「種來自己吸食的」。報導完全沒有提及高槻和尚哉隻字片語，幸好紗雪遭遇的事件也沒有被報導出來。既然當事人都不記得了，還是不要驚動媒體，以免傷害再次擴大。

事件發生幾天後，尚哉來到高槻的研究室。

高槻跟平常沒什麼兩樣，轉頭對走進研究室的尚哉露出溫柔的笑容。

「嗨，深町同學……上次真是抱歉，害你碰上危險了。」

看著高槻滿懷歉疚地這麼說，尚哉一時半刻說不上話，只能含糊地說出「不會」、「沒關係」這種無關緊要的話。

那天尚哉離開公寓時，高槻還沒清醒。他不知道高槻是什麼時候醒來的，也不知道該用什麼表情面對恢復意識的高槻。

看著尚哉的反應，高槻面有難色。

「……這樣啊。深町同學，阿健跟你說了我的事吧。」

佐佐倉似乎沒跟高槻說他已經把這些事告訴尚哉。但高槻從尚哉的態度就察覺一切，露出一抹苦笑。

高槻指著椅子要他坐下，尚哉也乖乖地在摺疊椅上坐下來。高槻像平常那樣裝了飲料過來，他自己的是香甜熱可可，尚哉的則是苦澀黑咖啡。

看著高槻準備飲料的背影，尚哉問道：

「老師，你之所以研究都市傳說和怪談，是想找到跟自己相同的案例嗎？」

高槻的手停住了。

尚哉對著動也不動的背影繼續說道：

「你想查出當時發生在自己身上的怪事，才會到處收集不可思議的故事吧？」

「——……因為一直困在未知的謎團中很可怕嘛。」

高槻轉過頭來。

他將裝好飲料的杯子拿在手上走向尚哉說「來，請用」，並把大佛圖樣的馬克杯拿給尚哉。他將自己的藍色杯子拿到嘴邊喝一口，露出幸福的微笑。熱可可和咖啡的香氣互相結合，慢慢融入充滿舊書氣味的研究室空氣當中。

「我也不知道是不是被天狗綁架了，因為我什麼都不記得。說不定只是被變態綁架，被注射改變眼睛的顏色和大腦結構的奇怪藥物，被狠狠凌虐之後，背上的皮膚還被剝下來……若真是如此，那我背上的皮膚可能還在世上的某個角落。如果是我的話，一定會小心翼翼地珍藏起來。」

高槻陶醉地瞇起眼睛這麼說，彷彿在享受熱可可的香氣。他用紅色的舌頭舔了舔杯緣，嘴角勾起一抹笑意。

讓人不禁毛骨悚然的恐怖笑容。

「假如真是這樣——我背上的皮膚被保存在某個地方的話，我絕對不會原諒那個犯人。從自己身上割下來的皮膚居然還在某人手上，光想就令人作嘔。」

高槻面帶微笑地這麼說，接著又喝一口熱可可。

「從某個角度來看，發生在我身上的事是神隱怪談。又從另一個角度來看，是犯罪的被害者……這世上充滿各種怪談軼事，絕大多數都是這種感覺。跟我在一起之後，深町同學應該也發現了吧。」

啊啊，確實如此。不論是凶宅疑雲的公寓套房，被針纏上的女孩們，還是神隱事件，全都是人類在作怪。

高槻「喀咚」一聲放下杯子，將一邊手肘靠在桌上托著下顎。現在是深棕色的眼睛盯著半空中，不知道在看什麼。或許是過去的某段記憶，實際上也可能是盯著視線前方書櫃上的一排書背。

「那些神祕傳說誕生的背後，通常都是悲慘到說不出口的現實事件。將這些可怕的事件套上傳說或故事的外衣，人們才能安心許多。」

放在現實生活中太過悽慘，但變成虛構故事就能勉強忍受。

如果當成跟自己完全無關的故事，甚至還能樂在其中。

所以，這個世上才會充滿傳說和故事。

大部分的人都不願面對藏在故事背後的真相。

可是……

「民俗學這門學問，就是要調查研究這些傳說故事誕生的背景。換句話說，是為了釐清故事背後真實事件的學問。這樣一來，若能查出相同案例的真相，或許就能明白我當時究竟遭遇了什麼。這個道理——也可以套用在深町同學你所遭遇的事。」

高槻繼續說道：

「我的眼睛、背上的傷痕——以及深町同學的耳朵，我想可能都沒辦法恢復原狀了。事到如今才要釐清這些怪異現象的成因，或許也不能改變什麼，至少健司是這麼想的，之前也勸過我。可是……與其被蒙在鼓裡，我還是覺得查清楚比較好。如果往後的日子都要對真相視而不見，還不如戳瞎眼睛。」

高槻依舊托著腮幫子，緩緩將視線往上移，緊盯著尚哉問道：

「那你呢，深町同學？」

「我……？」

「你不想知道十歲夏天那一晚的真相嗎？」

那天的亡者祭典的真相。

事情發生後，到祖母過世前的那四年，尚哉每年都會去祖母家玩。但再也沒有去過那個深夜的祭典，問祖母和親戚，他們也不願多說。他懷疑祖母知道些什麼，但祖母總說「你還是不要知道比較好」就閉口不談。

還以為再也沒有機會知道真相了。

可是說不定……

跟這個人——跟高槻一起的話，或許可以解開這個謎團。

「為了找出所有真相，往後我還是會繼續研究。如果可以的話，希望深町同學能從旁協助。我不會勉強你，畢竟經過上次那件事，你也知道可能會發生危險。不過……如果你能留在身邊，我會很開心。既然我們都是可能遭遇過真實怪異現象的人，說不定就能找出真相。」

尚哉不禁心想——

啊啊，瑠衣子說的那些話或許沒錯。

高槻真的是落入凡間的前天使。

因為這個提議簡直就像惡魔的邀約。面對一個以為自己會孤獨終生的人，他釋出了「我跟你是同類」的善意。

怎麼可能抗拒得了呢？

尚哉將手上的杯子放在桌上。

他看了杯上的迷幻大佛一眼，再重新看向高槻。

「——那個，我下次可以帶自己的杯子過來嗎？」

「咦？」

「想用大佛圖案以外的杯子，喝這裡的咖啡。」

高槻將抵在桌面的手肘鬆開，將身體微微傾向尚哉，直盯著他的臉看。

看了他的表情，尚哉心想，什麼嘛，原來這個人比想像中還要膽怯。明明剛才還裝腔作勢地說「我不會勉強你」。

「我也……很想知道。我跟老師遭遇的這些事，全都想知道。」

「深、深町同學！」

高槻的眼睛變得閃閃發光。尚哉心想，天啊，又是這個黃金獵犬的笑容。那和善親切的燦爛笑容，彷彿在形容雀躍到無可自拔的心情。

「那，深町同學……呃，之後就請你多多指教囉！」

高槻伸出右手。不在乎社交距離，總是馬上就提出要求握手的習慣，應該都是在國外生活養成的吧。

尚哉雖然覺得日本人又沒有這種握手的習慣，卻還是握住高槻的手。

「好……請多多指教。」

尚哉之前由於「跟老家養的里歐很像」這個原因，買了一個小狗圖案的杯子。

他決定就帶那個杯子來研究室。

——《副教授高槻彰良的推測1　民俗學如是說》完

參考文獻

『江戸の怪奇譚』氏家幹人（講談社文庫）
『日本現代怪異事典』朝里樹（笠間書院）
『江戸怪談集　中』高田衛編・校注（岩波文庫）
『仙境異聞・勝五郎再生記聞』平田篤胤著　子安宣邦校注（岩波文庫）
『幽霊名画集』辻惟雄監修（ちくま学芸文庫）

高寶書版集團
gobooks.com.tw

LN010
副教授高槻彰良的推測 1　民俗學如是說
准教授・高槻彰良の推察　民俗学かく語りき

作　　者　澤村御影
繪　　者　鈴木次郎
譯　　者　林孟潔
編　　輯　薛怡冠
美術編輯　陳思羽
版　　權　張莎凌
企　　劃　李欣霓
排　　版　彭立瑋

發 行 人　朱凱蕾
出　　版　三日月書版股份有限公司
　　　　　Mikazuki Publishing Co., Ltd. / Printed in Taiwan
地　　址　臺北市內湖區洲子街 88 號 3 樓
網　　址　www.gobooks.com.tw
電　　話　(02) 27992788
電　　郵　readers@gobooks.com.tw（讀者服務部）
傳　　真　出版部　(02) 27990909　行銷部 (02) 27993088
郵政劃撥　19394552
戶　　名　三日月書版股份有限公司
發　　行　英屬維京群島商高寶國際有限公司臺灣分公司
初版日期　2023 年 2 月

國家圖書館出版品預行編目 (CIP) 資料

副教授高槻彰良的推測 . 1, 民俗學如是說 / 澤村御影著 ; 林孟潔譯 . -- 初版 . -- 臺北市 : 三日月書版股份有限公司出版 : 英屬維京群島商高寶國際有限公司台灣分公司發行 , 2023.02
面； 公分 . --

譯自 : 准教授・高槻彰良の推察　民俗学かく語りき

ISBN 978-626-7152-37-9(第 1 冊 : 平裝)

861.57　　111015964

三日月書版

三日月書版

GOBOOKS & SITAK GROUP©

GOBOOKS & SITAK GROUP©